한밤의 미술관

한밤의 미술관

미술관 담장을 넘어 전하는 열다섯 개 그림 이야기

이소라 지음

혜다

Prologue

누구나 자기가 좋아하는 노래 하나쯤 가슴에 품고 산다. 누군가 나에게 어떤 노래를 좋아하냐 묻는다면 단번에 답할 수 있다. 그런데 '어떤 그림'을 좋아하냐 묻는다면 글쎄, 답하기까지 시간이 조금 걸린다. 물론 좋아하는 그림이야 많다. 마네의 꽃 정물화, 사전트의 초상화, 호퍼의 주유소 그림…. 하지만 정말 내게 위로가 되는 그림은 뭐였더라?

이 책은 이 사소한 질문에서 시작되었다. 수많은 그림들 중 가슴속 깊이 간직하고 싶은 '나만의 그림'을 찾아보자는 조금은 유치한 계기가 펜을 들게 했다. 그렇게 한 편씩 글을 써나가면서 나는 그림을 통해 위로, 행복, 생의 의지를 얻었다. 그러나 그림은 야누스의 얼굴처럼 내게 세상의 혹독한 이면을 끈질기게 보여줬다. 불안, 거짓, 죽음은 그저 아름답게만 여겼던 그림 속에도 분명히 존재했다. 이제 나는 그림을 통해 위안만을 찾지 않는다. 오늘의 나는, 피하고 싶었던 세상의 어둠과 삶의 누추함을 인정하고, 있는 그대로 바라볼 수 있는 용기를 그림 속에서 얻는다.

당신 또한 당신만의 그림을 찾길 바란다. 힘이 되어주는, 기쁨이자 벗이 되는 그런 그림. 그때, 이 책이 조금이라도 도움이 된다면 더없이 행복할 것이다.

영화 「굿 윌 헌팅Good Will Hunting」에서 숀 맥과이어 교수는 윌 헌팅에게 이렇게 말한다.

너는 미술에 관해 물으면 뭐든 답할 수 있을 거야.

미켈란젤로를 예로 들어볼까.

넌 그의 걸작, 정치적 야심, 성적 취향까지도 줄줄 읊어대겠지.

하지만, 시스티나 성당의 냄새가 어떤지는 모를 거야.

직접 미켈란젤로의 그림을 볼 때, 벅차오르는 감동도.

넌 한 번도 그 성당의 아름다운 천장화를 본 적이 없을 테니까.

이 대사는 나의 이야기다. 직접 가서라도 꼭 마주하고픈 그런 그림을 당신의 가슴속에 하나씩 담아주고 싶은 나의 마음이다. 나의 이야기를 통해 어떻게든 그 그림을 만나러 가고픈 마음이 몽글몽글 맺히면 좋겠다. 이 책을 통해 당신이 그 첫걸음을 뗄 수 있다면, 그걸로 충분하다.

언제나 나를 믿고 응원해주는 엄마, 아빠. 주원이, 단단한 껍질 밖으로 내 속의 이야기를 꺼낼 수 있도록 지지해주고 지켜봐 준 '한'에게 깊은 고마움을 전한다. 기꺼이 추천의 말을 써 주신 주철환 선생님, 은영 언니, 노진호

기자님, 나를 알아봐주고 좋은 기회를 주신 '혜다 출판사' 편집자에게도 다시 한 번 목례를 보낸다.

모든 것이 어둠 속에 잠든 한밤.
그 고요함을 뚫고, 나는 오늘도 미술관 뜨락을 잠시 거닐어 본다.

차례

p.m.9:30

저녁 설거지를 끝내고 주전자에 찻물을 올렸다

p.m.11:40

이불 속으로 들어가 내 작은 몸을 둥글게 말았다

우리 동네
미술관

p.m.7:20

골목 몇 개를 지나
집으로 돌아왔다

1

어느 젊은 화가의 죽음

브와디스와프 포드코빈스키「광분」
Władysław Podkowiński, 1866-1895

거장들은

세상으로부터 터질 듯한 찬사를 받은 후에야,

비로소 숨겨왔던 도도함을 드러낸다.

아무리 아름다운 작품일지라도 사랑해주는 누군가가 없다면, 감동을 받는 누군가가 없다면, 그 작품은 생기를 잃는다. 물론 작품 고유의 생명력까지 않는 건 아니다. 미지의 작품이어도 그것을 만든 사람이 불어넣은 최초의 호흡은 작품과 함께 마지막까지 숨을 쉬기에. 그러나 작가는 다르다. 대중의 무관심 속에서도 여전히 숨 쉬는 작품과 달리, 세상의 시선이 닿지 않는 곳의 작가들은 갈증과 허기로 하루하루 메말라 간다. 대부분의 예술가들은 세상으로부터 인정받고픈 강렬한 욕망과 세간의 평가 따윈 신경 쓰지 않는 도도함 사이를 마치 진자 운동을 하듯, 오간다.

19세기, 폴란드의 한 젊은 화가도 같은 꿈을 꾸었다. 사람들이 깜짝 놀랄 만한 그림 한 점을 세상에 내놓고, 넘치는 찬사를 받고, 거장의 반열에 오르는 그런 꿈을. 폴란드 바르샤바Warsaw에서 태어난 브와디스와프 포드코빈스키는 열정으로 가득 찬 화가였다. 그는 십대 시절 보이치에흐 게르손Wojciech Gerson에게 그림을 배우며 자신의 재능을 발견했다. 우리에겐 이름도 생소한 보이치에흐 게르손은 19세기 중반 폴란드에서 활동했던 화가로 포드코빈스키를 포함한 여러 작가들을 가르치며 후학을 양성한 인물이다. 그러나 포드코빈스키는 게르손 곁에 오래 머물지 않았다. 약 4년간 미술 교육을 받은 것 외에 그가 정식으로 교육받은 기록은 없다. 폴란드에서는 볼 수 없는 새로운 예술, 새로운 사람들을 만나고 싶었던 포드코빈스키는 1889년, 파리로 떠난다.

예술의 도시 파리는 야망으로 가득 찬 젊은이의 가슴을 무두질하기 충분

했다. 당대 유럽 예술계를 매료시켰던 인상주의Impressionism의 강렬한 물결을 직접 경험한 포드코빈스키는 비로소 평생 화가로 살기로 결심한다. 파리 여행은 이렇게 그의 인생에서 결정적인 터닝 포인트가 되었다. 23세의 청년이 평생의 직업을 결정하기 전, 왜 망설임과 고민이 없었을까.

오직 한 가지 질문만이 그의 내면 밑바닥을 끊임없이 흔들어댔을 것이다.
'내가 과연 화가로서 성공할 수 있을까.'

폴란드로 돌아온 포드코빈스키는 모더니즘 예술을 추구하는 예술가 그룹 '젊은 폴란드Young Poland'의 회원이 되어 본격적인 활동을 시작한다. 고리타분한 그림은 집어치우고, 당대 서유럽 특히 프랑스를 휩쓸고 있었던 최신 화풍을 따르는 것. 젊은 예술가들의 지향점은 바로 이것이었다.

「광분」은 포드코빈스키가 파리에서 영감을 받아 완성한 작품이다.

화면 중앙에 칠흑같이 검은 거대한 말이 몸에 잔뜩 힘을 준 채 날뛰고 있다. 두 눈은 튀어나올 듯하고 콧구멍은 거세게 내뿜는 숨으로 벌름거린다. 누런 이빨들 사이로, 열기에 들뜬 혀가 힘없이 쳐져 있고 침인지 거품인지 모를 것이 입 주변으로 터져 나오고 있다. 풍성한 갈기는 어디가 끝인지조차 알 수 없다. 그림의 제목이 왜 「광분」인지 우리는 저 말을 보며 쉽게 공감하게 된다. 그러나 날뛰는 검은 말, 「광분」이라는 제목과는 전혀 어울리지

/
브와디스와프 포드코빈스키
「광분*Szał*」
1893.

않는 존재 하나가 그림 안에 있다.

하얀 나신裸身의 여자. 사실 지금껏 열심히 묘사한 저 검은 말보다 우리의 눈을 가장 먼저 사로잡는 존재는 말 위에 올라탄, 벌거벗은 여자다. 여자는 무섭지도 않은 듯, 말의 목에 편안히 팔을 두르고 있다. 두 눈을 꼭 감은 평온한 표정은 마치 꿈속을 자유롭게 유영하고 있는 것만 같다.

「광분」은 1894년 3월 18일, 폴란드 바르샤바의 자헹타 갤러리Zachęta National Gallery of Art에 전시됐다. 그림은 대중에 공개되자마자 엄청난 반향을 불러일으켰다. 독특하고 기괴했기 때문이다. 그러나 전시의 성공에도 불구하고 3미터가 넘는 대작이었던 이 그림은 팔리지 않았다. 포드코빈스키가 제시한 금액은 만 루블이었지만 그림을 사겠다고 한 구매자가 제시한 금액은 고작 삼천 루블이었다.

「광분」이 전시된 지 37일째 되던 날, 돌연 포드코빈스키가 갤러리를 찾았다. 날카로운 칼 한 자루를 손에 쥔 채 그는 곧장 그림으로 돌진해 칼을 휘둘렀다. 「광분」은 자신을 탄생시킨 이의 손에 갈기갈기 찢겨졌다. 이상한 점은 그가 말 위에 올라탄 여자에게만 칼을 휘둘렀다는 것이다. 광분한 말은 그대로 남겨둔 채.

이 돌발사고 이후 무수한 소문이 돌았다. 「광분」 속 여자는 포드코빈스키가 사랑했던 이를 모델로 한 것이며 그 여자와의 사랑에 실패했기 때문에 그림 속 여자를 찢었다는 이야기가 가장 이목을 끌었다. 실제로 한 폴란드 상류층 집안에서 포드코빈스키를 명예 훼손으로 고소하면서 그림을 둘러싼 루머는 더욱 뜨거워졌다. 화가를 고소한 이들은 에와 코타르빈스카Ewa Kotarbińska라는 여성의 가족이었는데 그들의 주장이 사실이라면 정숙한 사교계 여인이 완전히 벌거벗은 채로 그림 속에 등장한 것이니 논란이 될 만도 했다.

실제로 포드코빈스키는 코타르빈스카와 만난 적이 있었다. 어느 해 여름 머물렀던 바르샤바의 별장에서였다. 그곳에서 포드코빈스키는 함께 여름을 보낸 여러 인물들의 초상화를 그렸는데 그 안에는 그녀도 포함되어 있었다. 「광분」 속 여자와 코타르빈스카. 닮은 것 같기도, 그렇지 않은 것 같기도 하다. 차이점이라면 그림 속 여자와 달리 코타르빈스카는 짙은 밤색 머리였다는 것 정도. 그림 속 벌거벗은 여인은 정말 코타르빈스카였을까. 진실은 작가와 코타르빈스카만이 아는 비밀이 되었다. 이 소문에 대해 포드코빈스키는 이후 아무런 해명도 하지 않았다.

전시가 끝나고 일 년이 채 되지 않아 포드코빈스키는 세상을 떠났다. 스물아홉의 젊은 나이였다. 「광분」을 그렸던 3개월 동안 평소 앓고 있던 폐병이 악화됐기 때문이다. 그의 친구였던 화가 안토니 카미엔스키Antoni Kamieński는 「광분」을 그릴 당시의 포드코빈스키를 그림으로 남겼다. 이 그림에서도

브와디스와프 포드코빈스키
「여인의 초상*Portret damy*」
1891.

알 수 있듯 「광분」은 붓질을 하기 위해서 나무로 만든 사다리가 필요할 만큼 큰 그림이었다. 그림의 중앙에 심혈을 기울여 작품을 완성해가고 있는 포드코빈스키가 보인다. 강인한 눈매와 오뚝한 콧날에서 젊은 청년의 결기마저 느껴진다. 병을 앓고 있던 사람이라고는 생각하기 어려울 정도다.

포드코빈스키는 정말 사랑에 실패했기에 그림을 찢어버린 걸까. 아님 노력한 만큼의 대가를 받지 못했다는 사실이 그의 뜨거운 피를 더욱 들끓게 한 것일까. 광분한 검은 말 위, 하얀 나체의 여인은 어쩌면 화가로서의 성공, 젊은 청년이 꿈꾸던 밝은 미래, 세상으로부터 받고 싶었던 찬사, 아니 그 모든 것들이 하나로 응축된 '찬란한 희망'의 상징이었는지도 모른다. 희망이 거품처럼 사라진 자리. 그곳에 남겨진 것은 검은 말처럼 미친 듯 날뛰다 끝내 자신의 그림을 난도질한, 한 남자의 절규뿐이다. 끝을 알 수 없는 절망과 스스로를 파멸로 이끄는 광기. 그 모든 것들을 따스한 가슴으로 품어줄 아름다운 여인은 그렇게, 사라졌다.

손상되었던 그림은 포드코빈스키가 죽은 뒤 보수되었다. 포드코빈스키의 어머니는 아들의 작품을 여러 전시에 대여해주다가 결국 폴란드의 미술 평론가 펠릭스 야셴스키Feliks Jasieński에게 팔아버렸다. 그림 값은 천 루블. 포드코빈스키가 생전에 받고자 했던 금액의 10분의 1에 불과했다. 펠릭스 야셴스키는 1904년, 「광분」을 크라쿠프 국립 미술관에 기증했다.

안토니 카미엔스키
「〈광분〉을 그리는 포드코빈스키」*Władysław Podkowiński malujący 〈Szał〉*
1895.

희망이 절망이 되었을 때,

포드코빈스키에게 그림 속 여인은

더 이상 존재할 의미가 없는 허상에 불과했으리라.

나는 감히, 젊은 화가의 슬픔과 분노를 상상해본다.

Muzeum Narodowe w Krakowie

폴란드 크라쿠프 국립 미술관

「광분」은 폴란드 크라쿠프 국립 미술관에 소장되어 있습니다.
폴란드 제 2의 도시, 크라쿠프.
이 곳은 폴란드에서 가장 오래된 도시 중 하나로, 많은 문화 유적이 남아 있어요.

처음부터 포드코빈스키가 우울하고 어두운 분위기의 그림만 그렸던 건 아니에요. 파리에 머무는 동안 인상주의에 깊은 감명을 받은 그는 폴란드로 돌아온 후 인상주의 풍의 산뜻하고 싱그러운 그림들을 그렸습니다. 크라쿠프 국립 미술관에서는 포드코빈스키가 남긴 인상주의 작품들도 볼 수 있답니다.

브와디스와프 포드코빈스키
「정원의 아이들*Children in the Garden*」
1892.

캐러멜 빛깔의 따스한 햇살이 내리쬐는
오후의 정원.

귀엽게 옷을 차려입은 꼬마들이
꽃에 물을 주고 있네요.
아이들의 표정은 잘 보이지 않지만
발그레한 볼에
입 꼬리는 살짝 올라가 있을 것만 같아요.

브와디스와프 포드코빈스키
「정원의 소녀*Girl in the garden*」
1891.

포드코빈스키는 수채화 작품도 그렸습니다.
깨끗한 색채로 맑게 표현된 배경 한가운데
하얀 원피스를 입은 소녀가 서 있네요.
여름날의 풋풋한 향취가 이곳까지 느껴지는 듯합니다.

앞서 「광란」을 그린 작가가 그린 그림이라고는 믿기지 않을 정도로
서정적이고 밝은 작품들이예요.

하지만 당대 폴란드 대중은
포드코빈스키의 인상주의 그림을 혹평했다고 해요.
당시 폴란드의 예술계에서는 낯선 화풍이었기 때문일까요.
예상치 못한 비판에 젊은 화가는 아마 절망했겠지요.
이후 포드코빈스키는
어둡고 우울한 상징주의 그림에 몰두했습니다.

「광란」은 그렇게 탄생한 역작입니다.
한 예술가의 젊음, 열정 그리고 절망이 투영된 그림을
크라쿠프 국립 미술관에서 직접 보게 된다면
그의 피맺힌 절규가 생생하게 들릴 것도 같습니다.

2

이토록 아름다운 몰입의 순간

장 오노레 프라고나르 「책 읽는 소녀」
Jean-Honoré Fragonard, 1732-1806

대학 시절, 기말고사가 끝나고 여름방학이 시작된 날이었다.

빌린 책들을 반납하기 위해 낑낑대며 도서관으로 가고 있었다.

반납기한이 다 되도록 쌓아만 두었던 책들. 그러나 기다리던 여름 방학이 시작됐다는 설렘으로 다 읽지 못한 책들에 대한 아쉬움은 이내 사라지고, 그저 빨리 이것들을 내려놓고 싶다는 생각뿐이었다. 온몸을 짓누르는 책의 무게, 등줄기로 흐르는 땀, 후끈한 열기로 벌겋게 달아오른 볼. 도서관 문을 열자 차가운 에어컨 바람이 훅 끼쳐왔고 그제야 제대로 된 숨이 쉬어졌다. 삑, 삑, 바코드 소리와 함께 책들이 제자리로 돌아가는 동안 나의 시선은 무심코 서가 쪽을 향했다.

한 여학생이 책을 읽고 있었다.

버건디 색 소파에 비스듬히 몸을 기댄 채. 목이 살짝 늘어난 연회색 티셔츠에 청 반바지, 질끈 묶은 머리 아래 잔뜩 집중한 얼굴은 발그랗게 달아올라 있었다. 무슨 책일까. 책장이 얼마 남지 않은 걸 보아 스토리는 절정에 다다른 듯했다. 무방비 상태로 소파에 기대 있었지만 누구도 함부로 그녀를 침범할 수 없었다. 그녀는, 자신만의 견고한 성 안으로 걸어들어 간 후 유일한 출입구인 성문을 굳게 닫아버린 것처럼 보였다. 작열하는 여름 속으로 나서기 전, 고개를 돌려 다시 한 번 그 여학생을 바라보았다. 데자뷰deja vu, 이미 본 적이 있거나 경험한 듯한 느낌이나 환상란 단어가 재빠르게 이마를 스쳤다.

도서관 문을 여니 마치 그 기척에 놀란 듯, 쏴아— 매미가 세차게 울어대기 시작했다.

그녀는 어떤 세상과 만나고 있는 걸까.

18세기 프랑스 화가 장 오노레 프라고나르의 「책 읽는 소녀」.

장 오노레 프라고나르
「책 읽는 소녀*Young girl reading*」
1776.

샛노란 드레스를 입고 라일락 빛깔의 푹신한 쿠션에 등을 기댄 소녀가 독서 삼매경에 빠졌다. 살구 빛 볼, 도톰한 이마, 내리깐 속눈썹. 아름다운 이 소녀는 한 손에 쏙 들어오는 조그만 책 속 세상을 항해하는 중이다. 그녀의 시선 끝을 조용히 따라가다 보면 마법처럼 주변 세상은 순식간에 사라지고, 텅 빈 공간에 오로지 소녀와 책만이 남는다. 이 고요한 몰입의 풍경은 속절없이, 아름답다. 우리는 그저 소녀가 책에서 눈을 떼고 현실로 돌아올 때까지, 기다릴 뿐이다.

프라고나르는 바다가 보이는 프랑스 남부의 도시 그라스Grasse에서 태어났다. 열 살쯤 대도시 파리로 이사했고 그곳에서 타고난 예술적 재능을 펼치기 시작했다. 그라스를 떠나지 않았더라면 그의 인생은 다르게 흘러갔을 것이다. 뛰어난 미적 감각 덕분에 결국 화가가 되었을 테지만 파리가 아닌 그라스에서 계속 그림을 그렸다면, 그는 지금과 달리 해안 도시의 풍광을 아름답게 그리는 '풍경화가'로 알려졌을지도 모를 일이다. 어쨌든 그는 파리에서 살게 되었고 그 덕분에 장 시메옹 샤르댕Jean Siméon Chardin의 공방을 거쳐 14살이 되던 해, 프랑수아 부셰François Boucher의 공방에 도제로 들어가게 된다. 프라고나르의 스승이었던 샤르댕과 부셰는 로코코Rococo 미술이 주류이던 시기에 활동했던 화가들이다. 그러나 동시대를 살았던 이 두 사람은 추구하는 바가 무척이나 달랐다.

대다수 화가들이 섬세하고 화려한 로코코 미술에 빠져 있을 때, 샤르댕은 소박하고 절제된 정물화에 마음을 쏟고 있었다. 한마디로 당대 분위기와는 어울리지 않는 독특한 행보를 택한 화가가 바로 샤르댕이었다. 프라고나르가 샤르댕의 공방에 오래 머물지 않았던 이유 또한 여기 있는지 모른다. 어린 시절, 눈부시게 반짝이는 유행의 물결에 매혹 당한 프라고나르에게 샤르댕은 시대에 뒤쳐진 고답적인 인물 정도로 여겨졌을 것이다.

반면, 샤르댕을 떠나 새로이 정착하게 된 공방의 주인 부셰는 로코코 미술의 정수를 보여주는 화가였다. 특히 부셰는 궁정의 실세였던, 루이 15세의 정부情婦 퐁파두르 부인Madame de Pompadour이 가장 아꼈던 화가이기도 했다.

죽을 때까지 루이 15세 곁에 머물렀던 퐁파두르 부인. 그러나 태어날 때부터 몸이 약했던 그녀가 국왕의 정부라는 역할에 충실할 수 있었던 것은 단 몇 년뿐이었다. 육체적 관계가 불가능해진 뒤에도 그녀가 국왕의 곁을 지킬 수 있었던 이유는 왕과 정신적으로 교감하는 여인이라는, 보다 견고한 지위를 얻었기 때문이었다. 그 권력을 잃지 않기 위해 그녀는 왕에게 젊은 처녀들을 제공하는 일조차 마다하지 않았다.

부셰는 이런 상황에 대해 잘 알고 있었다. 그가 그린 퐁파두르 부인의 초상을 보면 새하얗고 탱탱한 피부와 지적이면서도 우아한 미소 그리고 이 모든 것들이 언제까지나 영원할 것 같은 여유로움이 느껴진다. 국왕의 정신적 친구였지만 육체적 아름다움 또한 포기하고 싶지 않았던 퐁파두르 부인의

/
프랑수아 부셰
「퐁파두르 부인*Madame de Pompadour*」
1756.

속마음을 헤아릴 만큼, 부셰는 영리한 화가였다.

부셰의 제자였던 프라고나르가 스승의 뒤를 이어 프랑스 미술계를 이끌게 된 것은 그러므로 우연이 아니다. 부셰가 퐁파두르 부인의 총애를 받았듯 프라고나르 역시 왕의 마지막 정부였던 뒤바리 부인Madame du Barry의 지지를 받으며 활약했다. 하지만 모든 유행은 시간이 지나며 빛을 잃고 새로운 것들에게 자리를 내주어야 한다. 프라고나르가 왕성하게 활동하던 시기는 로코코 미술이 저물어가던 때였다. 이런 연유로 그에겐 '로코코 미술의 마지막 대가'라는 수식이 붙었다.

1773년 이후, 프라고나르는 그동안의 그림과는 완전히 다른 화풍을 선보인다. 궁정의 쾌락, 사랑 놀음 등 지난날 천착했던 주제에서 벗어나 소녀들의 초상화를 그리기 시작한 것이다. 그 중 하나가 바로 「책 읽는 소녀」이다.

소녀의 이름조차 알려져 있지 않은 이 작품은 단 하루 만에 완성되었다고 전해진다. 흥미로운 사실은 이 그림이 완성되기 직전, 소녀의 머리 부분이 수정되었다는 것이다. 엑스레이로 그림을 분석해본 결과, 소녀는 원래 관람자를 향해 고개를 돌리고 있었다. 그러나 프라고나르는 무엇 때문인지 관객을 바라보는 소녀를 지우고 책에 몰두한 소녀의 옆모습을 그려 넣었다. 이유가 뭘까?

이 미스터리를 풀기 위해 프라고나르가 그린 비슷한 형식의 그림 하나를 더 살펴보자.

프라고나르의 「러브 레터」에는 연인에게 편지와 꽃다발을 받은 한 여인이 등장한다. 「책 읽는 소녀」와 마찬가지로 이 그림의 주요대상 또한 '여인과 읽을 것'이다. 그러나 「러브 레터」 속 여인은 소녀와 달리 테이블 쪽으로 몸을 약간 숙인 채 관객을 바라보며 미소 짓고 있다(그녀의 강아지도 주인을 따라 우리를 정면으로 바라보고 있다). 상기된 볼과 살짝 올라간 앵두 빛 입술이 어딘지 모르게 야릇해 보이는 그녀는 "드디어 그 사람이 내게 넘어왔어!"라며 자랑이라도 하는 듯하다.

그녀와 정면으로 눈을 마주친 우리는 어쩔 수 없이 여자의 이야기 속으로 끌려 들어간다. 그렇게 여자의 이야기에 매몰되는 순간, 그녀의 손에 들린 조그만 편지와 생기 넘치는 꽃다발은 한갓 여자를 돋보이게 하는 장치로 전락하고 만다. 만일 그녀가 우리를 바라보지 않고 꽃다발에 코를 묻은 채 조용히 러브 레터를 읽고 있었더라면…, 그랬다면 더 많은 이들이 수줍게 전해진 고백의 문장들과 편지를 쥔 그녀의 손이 가늘게 떨리는 것을 함께 느낄 수 있었을 것이다.

프라고나르는 「책 읽는 소녀」 만큼은 다르게 그렸다.

소녀가 우리를 바라보았다면 이 그림 역시 그저 평범한 초상화에 지나지 않았을 것이다. 책 또한 노란 드레스를 입은 청순한 소녀를 위한 장식품에

장 오노레 프라고나르
「러브 레터*The Love Letter*」
1770.

불과했을 테고. 하지만 소녀가 책으로 온전히 몸과 마음을 돌리는 순간, 이 그림은 우리를 전혀 다른 세상으로 이끈다.

자기만의 세계에 빠져있는 누군가를
오래도록, 마음껏 바라볼 때 전해져 오는 충만함.
오로지 그만을 둘러싼 채 투명하게 빛나고 있는 조그만 성의 반짝거림,
그리고 잠시나마 그 성을 지켜주고 싶은 따스한 마음 한 자락.

프라고나르의 변심 덕분에 우리는 이 아름다운 그림과 마주할 기회를 얻었다. 지금 자신도 모르게 소녀에게 집중하고 있는 당신, 언젠가 소녀가 고개를 들어 반짝이는 눈으로 당신을 바라볼 때까지 그녀의 시간을 방해하지 않길….

때로 고요함은 그 어떤 소리보다 더 크게 울린다.

National Gallery of Art

워싱턴 D.C. 내셔널 갤러리

「책 읽는 소녀」는 미국 워싱턴 D.C.의 내셔널 갤러리에 소장되어 있습니다.

내셔널 갤러리에서는 이 그림 말고도 미술사에서 빼놓을 수 없는 거장들의 작품을 두루 만나볼 수 있어요. 레오나르도 다빈치Leonardo da Vinci, 라파엘로Raphael는 물론 루벤스Peter Paul Rubens와 렘브란트Rembrandt van Rijn, 베르메르Johannes Vermeer의 작품까지.

프랑수아 부셰
「러브 레터*The Love Letter*」
1750.

그 중에서도 눈길을 사로잡는 것은
프라고나르의 스승이었던 부셰의 작품들입니다.
로코코 미술의 대가였던 부셰가 그린 그림은
프라고나르의 작품만큼이나 섬세하고 아름다워요.
특히 꿈결처럼 달콤하고 평온한 한 때를 담아낸
부셰의 「러브 레터」 앞에 발길이 멈춥니다.
재밌게도 앞서 보셨던 프라고나르의 작품,
「러브 레터」와 똑같은 제목이네요.

잘 익은 사과처럼 발그레한 볼을 한 소녀.
사랑하는 연인으로부터 러브 레터를 받았나 봐요.
자랑하듯 왼편의 친구에게 편지를 보이고 있네요.

프랑수아 부셰
「방해받은 낮잠*The Interrupted Sleep*」
1750.

사실 「러브 레터」에겐 짝을 이루는 작품이 있답니다.
바로 「방해받은 낮잠」이라는 그림이에요.

아름다운 소년이 단잠에 빠져든 소녀를 간질이고 있네요.
이 소녀는 「러브 레터」에서
친구에게 편지를 자랑하던 그 소녀 아닌가요?

사랑은 한바탕 꿈같은 것.
부셰가 두 그림을 나란히 그리면서 하고 싶었던 말이 이것이었을까요.
운명의 장난처럼,
「방해받은 낮잠」은 「러브 레터」가 있는 내셔널 갤러리가 아니라
뉴욕의 메트로폴리탄 미술관the Metropolitan Museum of Art에
소장되어 있어요.
안타깝게도 두 그림을 나란히 놓고 보기는 어렵겠네요.
꿈같이 완벽한 사랑은 그처럼 이루어지기 힘든 건가 봐요.

3

그녀가 존재하는 방식

비비안 마이어「자화상」
Vivian Maier, 1926-2009

180센티미터가 훌쩍 넘는 키, 무미건조한 표정, 그늘진 눈매.

촌스런 옷차림으로 도시를 걷고 있는 그녀는 좀처럼 웃지 않는다. 그나마 짧게 자른 머리가 당시의 유행을 따르고 있을 뿐이었다. 그런 그녀의 목에 걸린 투박한 카메라 한 대. 사람들은 잠시 그녀를 흥미롭게 쳐다보기도 했으나 이내 자신들의 세계로 돌아갔다. 그 순간 그녀는 낯선 이들의 시간 속으로 들어가, 찰나를 포착했다. 그리곤 다시 아무렇지도 않게 제 갈 길을 갔다. 이렇게 50년 동안 비밀스럽게 찍은 사진은 무려 15만 장. 그러나 세상은 그녀에게도, 그녀가 하는 일에도 관심이 없었다.

여자는 그저 괴짜로 통할 뿐이었다. 평생 독신이었던 여자는 여러 집을 전전하며 가정부 생활을 했고, 자신의 출신에 대해서도 여러 가지 다른 이야기를 했다. 누군가는 그녀를 전쟁 중 프랑스에서 망명한 유태인으로, 누군가는 스파이로 기억하고 있었다. 이름도 여러 개였고 모두 다 가짜였다. 지금 우리는 이 천재 작가를 '비비안 마이어'라 부른다.

2007년 미국의 부동산 중개업자 존 말루프John Maloof에 의해 발견될 때까지 마이어의 사진들은 창고에 처박혀 있었다. 우여곡절 끝에 세상에 나온 엄청난 양의 사진. 그 속에는 마이어의 눈길이 잠시 머물렀던 대상과 누군가 누렸을 생애의 한 순간이 흑백의 이미지로 박제되어 있다.

마이어가 작가로서 가장 관심을 두었던 건 바로 자기 자신이었다.

그녀는 굉장히 다양한 방법으로 자신의 모습을 사진에 담았다. 요즘처럼 카메라의 셀프 모드가 없던 시절, 마이어가 가장 즐겨 사용한 도구는 바로 거울이었다. 윤기 없는 표정의 한 여자가 거울 안에 수없이 나타난다. 사진 속의 여인은 그저 반사된 자신의 형상을 물끄러미 바라볼 뿐이다. 자화상이 언어를 통하지 않는 작가의 고백이라면, 이 무미건조한 사진을 통해 마이어

비비안 마이어
「자화상*Self-Portrait*」
1900년대 중반.

/
비비안 마이어
「무제」
1900년대 중반.

가 하려했던 고백은 대체 무엇이었을까.

영국의 미술 평론가 로라 커밍Laura Cumming은 자화상을 '진실을 드러내는 특별한 수단'이라 말했다. 역사적으로 보면 많은 화가들이 자화상을 그려왔다. 사람들은 자화상을 보며 화가의 실제 얼굴을 확인하려 하나 정작 화가들이 그림에 담으려 했던 것은 그게 아니다. 로라 커밍의 말처럼, 자화상에는 보이는 것을 넘어서는 '어떤 진실'이 들어있다. 대표적 작가가 바로 프리다 칼로Frida Kahlo다.

프리다 칼로는 독특한 자화상들로 유명한 작가다. 칼로의 기묘한 자화상들 속에는 고통으로 점철된 인생이 거칠고 직접적인 방식으로 녹아 있다.

일종의 변형된 자화상인 「상처 입은 사슴The Wounded Deer」. 한 마리의 사슴이 온몸에 화살을 맞은 채 피를 흘리며 쓰러져 있다. 얼굴을 보면 알겠지만, 그 사슴은 바로 그녀 자신이다. 사슴이 있는 곳은 숲속의 외길. 곧장 바다로 이어지는 그 길에는 더 이상 물러설 곳이 없다. 냉정하게 들리겠지만, 저 상태라면 사슴은 곧 저 막다른 길 위에서 죽음을 맞이할 것이다.

성치 못했던 몸, 사랑하는 이의 배신, 연이은 유산. 삶의 온갖 고통들이 날카로운 화살이 되어 그녀의 몸을 관통하고 있다. 칼로의 삶에 대해 아는 이라면 저 자화상이 무엇을 말하는지 금세 깨닫게 된다. 삶이라 일컬어졌던 그녀의 하루하루가 결코 죽음과 다르지 않았다는 것을.

/
프리다 칼로
「상처 입은 사슴*The Wounded Deer*」
1946.

마이어가 남긴 자화상에도 보이는 것을 넘어서는 어떤 진실이 숨겨져 있을까. 회화와 달리 피사체를 있는 그대로 반영할 뿐인 사진이라는 매체에도 인간의 내면이 담길 수 있을까.

사진은,
단 한 장으로도 진실에 도달할 수 있고
때론 수천 장으로도 결코 진실에 가까이 갈 수 없다.

사진이 진실을 드러내느냐 그렇지 않느냐의 여부는 피사체의 겉모습과는 상관이 없다. 자신을 겹겹이 포장한 사람이건 아니건, 렌즈 앞에서 표정을 꾸며내는 사람이건 아니건, 진실은 카메라를 든 이의 날카로운 관찰력과 포착 시점에 의해 세상 밖으로 끌려 나온다. 피사체는 오로지 작가가 집중하고 싶었던 찰나의 순간에, 작가의 시점에 의해 한 장의 사진으로 남겨지는 것이다. 결국 사진에 담기는 건, 피사체가 아니라 피사체를 통해 작가가 하고자 했던 이야기이다.

마이어가 가지고 있던 여러 개의 가명들과 자신의 정체에 대해 늘어놓은 수많은 거짓말들. 그러나 이 거짓 뒤에 남겨놓은 그녀의 사진은 그 어떤 것보다 '진실'에 가까웠다. 길 위에 떨어진 구두 한 짝, 경찰관에게 끌려가는 남자, 처참한 몰골로 더러운 음식을 먹고 있는 노숙자, 금방이라도 울어버

/
비비안 마이어
「무제」
1900년대 중반.

릴 것 같은 피에로의 얼굴.

그녀를 옹호하는 입장에서 말하자면, 이름과 출신, 이력 등은 한 사람을 본질이라는 기준에서 바라볼 때 부차적인 것들이다. 그것들은 피사체의 겉모습처럼 상황에 따라 얼마든지 바뀌고 달라질 수 있다. 그녀의 이름이 비비안이든 아니든 그녀의 직업이 스파이이든 가정부이든, 카메라를 목에 걸고 세상에 반사된 자신의 모습을 물끄러미 들여다보던 그녀의 본질적 정체正體는 달라지지 않는다. 그녀에게 중요했던 것은, 존재 위에 덧씌워진 것들이 아니라 지금 자신이 카메라 렌즈를 들이대고 있는 '존재' 그 자체였다.

여러 번 거듭해서 보아도 여전히 낯설기만 한 '나'라는 존재. 이 흥미로운 대상을 마이어는 마치 저널리스트처럼 일정한 거리에서 관찰하고 사진으로 남겼다. 스스로의 모습을 담은 사진들이 대부분 건조하게 느껴지는 이유는 이 객관적 거리 때문이다. 자신조차 외부자의 시선으로 바라보았던 마이어. 그런 그녀에겐 자신을 포장하기 위한 그 어떤 위선이나 기계적 조작도 필요치 않았다.

자신의 모습이 비춰진 반사체를 향해 카메라를 들이대던 순간,
찍히는 마이어와 찍는 마이어는 동일 인물이 아니었다.

/
비비안 마이어
「자화상*Self-Portrait*」
1900년대 중반.

비비안 마이어
「자화상*Self-Portrait*」
1900년대 중반.

마이어가 50년 간 찍은 필름과 사진들은 상자에 담긴 채 유료 창고에 보관돼 왔다. 마이어에겐 그것들을 보관해 둘 개인적인 공간이 없었기 때문이다. 아마 그녀는 조금씩 생기는 돈으로 창고 임대료를 지불했던 것으로 보인다. 오랜 시간 임대료가 체납되자 창고 속 물건들은 결국 경매에 붙여지고 말았다. 그 후 2007년, 존 말루프는 시카고 벼룩시장에서 이 필름 상자들을 400달러약 45만 원에 사들였다. 별다른 생각 없이 상자들을 방치해 오던 말루프는 2009년 우연히 마이어의 사진을 인화해 페이스북에 올렸다. 반응은 폭발적이었다. 세상이 비비안 마이어를 천재라 부르며 찬양하던 그 해, 그녀는 거의 노숙자나 다름없는 모습으로 사망했다.

자신이 찍은 사진을 평생 그 누구에게도 보여준 적이 없었던 비비안 마이어. 그만큼 타인의 평가가 중요하지 않았다면 세상이 자신을 천재로 부르는 것 또한 그녀에겐 자신이 지녔던 가짜 이름들처럼 부질없는 일이었을 것이다. 본질적이지 않은 것에 집중하는 사람들에게 거리낌 없이 거짓을 남발하던 그녀가 카메라로 담고자 했던 삶과 세상의 진실들. 그것들은 사람들의 눈길이 쉽사리 가닿지 않는 후미진 곳에, 높은 빌딩이 만들어내는 깊은 그림자 속에, 의미가 없다고 치부되어 버린 작은 사물들 가운데 있었다.

자신의 그림자를 찍은 비비안 마이어의 사진들을 들여다본다. 사진 속 그림자는 태양의 고도와 광원의 밝기에 따라 농도를 달리하고 형태를 바꾸어

비비안 마이어
「무제」
1900년대 중반.

간다. 그럼에도 그것들은 여전히 모두 마이어에게 속하며 그녀의 일부 혹은 전체이다. 아무런 디테일 없이 그저 윤곽선으로만 표현된 검은 형체. 그 안에 이 미스터리한 여인에 관한 일말의 진실이 있다.

비비안 마이어.

그녀는 피사체의 구도를 잡는 작가였고,

카메라에 찍히는 피사체였으며,

그 결과물을 감상하는 유일한 관객이었다.

Howard Greenberg Gallery

하워드 그린버그 갤러리

비비안 마이어에 대한 발굴이 시작된 건 불과 몇 년 전의 일입니다. 세상은 단순하면서도 세련된 마이어의 사진에 열광했고 많은 미술관과 갤러리에서 앞 다퉈 그녀의 작품을 전시했죠.

마이어가 찍은 사진 중 아직도 인화되지 않은 보물들이 13만5천 장에 달합니다. 인화는 되었지만 대중에게 공개되지 않은 사진의 양도 어마어마하죠.

자화상을 비롯한 마이어의 단순하고도 아름다운 사진들은 뉴욕의 하워드 그린버그 갤러리에서 만날 수 있답니다. 풀러 빌딩The Fuller Building에 위치한 이 갤러리는 사진작품만을 전문적으로 다룹니다. 외젠 앗제Eugène Atget, 앙리 카르티에 브레송Henri Cartier-Bresson 등 거장들의 작품 또한 소장하고 있는 곳이죠.

앙리 카르티에 브레송
「조지 4세 즉위식 날의 트라팔가 광장*Trafalgar Square on the day of George VI's coronation*」
1937.

꾸밈없는 사람들의 모습을 담아낸 브레송의 시선에서
특유의 소탈함과 유머가 한껏 느껴집니다.

비비안 마이어
「자화상*Self-Portrait*」
20세기 중반.

하워드 그린버그 갤러리에서는
마이어의 독특한 자화상도 볼 수 있는데요.
조그만 철문에 비친 자신의 모습을 찍은 사진입니다.
어딘지 일그러지고 우스꽝스러워 보이는 이 사진은
그녀가 세상에 존재했던
여러 방식 중 하나에 대한 증거입니다.

마이어 사진에 대한 저작권은 모두 존 말루프가 갖고 있습니다.
그는 말루프 컬렉션Maloof Collection을 만들어
마이어의 사진과 관련된 모든 전시를 총괄하고 있죠.
말루프는 2017년 7월,
마이어의 작품 세계를 좀 더 많은 이들이 볼 수 있도록
미국 시카고 대학에 약 500점의 미공개 사진과
마이어의 사진기 등을 기증하기도 했습니다.

하워드 그린버그 갤러리에 소장되지 않은 나머지 사진들은
지금도 전 세계의 갤러리와 미술관에서 전시 중입니다.
자세한 정보가 궁금하신 분들은
아래 사이트를 이용해 보시길 추천합니다.
http://www.vivianmaier.com/exhibitions-events/

4

절망의 바닥에 있을지라도

존 싱어 사전트 「카네이션, 릴리, 릴리, 로즈」
John Singer Sargent, 1856-1926

잘 나가던 남자가 한순간 나락으로 곤두박질쳤다.

파리 사교계 귀부인들의 초상화를 기막히게 그려 엄청난 인기와 부를 누렸던 그는 자신의 실패가 믿기지 않았을 것이다. 프랑스를 떠나 추방당하다시피 향한 영국. 그러나 파리에서의 찬란했던 과거는 유배의 땅까지 따라와 그를 내내 괴롭혀댔다. 이후 이 남자의 인생이 어떻게 전개될지 한번 상상해보자.

삶은 궁핍했고 그림은 신통찮았다.
그는 결국 불안과 우울에 시달리다 삶을 마감한,
또 한 명의 불행한 화가가 된다.

이런 통속적 결말을 사전트는 단번에 거부해 버린다. 남자는 최악의 상황을 겪었지만 끝까지 그림을 포기하지 않았다. 오히려 절망한 화가의 손끝에서는 전엔 볼 수 없었던 순수하고 아름다운 그림이 탄생했다. 언젠가 한 번쯤은 본 것 같은 그림, 아련하고 따뜻한 정경이 마음을 흔드는 「카네이션, 릴리, 릴리, 로즈」. 날개 없는 추락으로 가닿은 세상 끝에서 다시 비상을 시작한 화가, 존 싱어 사전트. 우리는 이 이름을 기억할 필요가 있다.

이탈리아 피렌체의 부유한 집안에서 태어난 사전트는 어릴 적부터 수준 높은 교육을 받았다. 국적은 미국이었지만 이탈리아, 프랑스, 독일 등 유럽 여러 나라를 자유롭게 여행하며 넓은 세상을 보고 배웠다. 아름다움에 대한 그의 감각과 취향은 아마도 이런 환경 덕분일 것이다. 열여덟이 되던 해, 사전트는 가족과 함께 파리로 이주한다.

인생에 한두 번 쯤은 꼭 기회가 찾아온다고, 사람들은 말한다. 인생의 큰 줄기가 방향을 트는 지점, 사전트에게는 파리로의 이주가 터닝 포인트였다.

카롤루스 뒤랑
「장갑 낀 여인*La Dame au gant*」
1869.

/
존 싱어 사전트
「마담 X *Madame X*」
1883-1884.

삶은 늘 예상치 못한 길로 흘러가지만 나중에 뒤돌아보면 어떤 변화들은 마치 예정되어 있었던 것처럼 느껴지기도 한다.

파리에서 새 삶을 시작한 사전트는 카롤루스 뒤랑Emile Auguste Carolus Duran을 만나 가르침을 받는다. 뒤랑은 새로운 미감美感으로 매력적인 초상화를 그리던 프랑스의 화가였다. 뒤랑이 그린 「장갑 낀 여인」은 한 여인의 우아함을 고스란히 그림으로 담아낸다는 것이 무엇인지 잘 보여준다.

그림 속 주인공은 뒤랑의 아내인 카롤루스 뒤랑 부인Mme Carolus-Duran이다. 나른한 눈길로 하얀 실크 장갑 한 짝을 벗겨 내고 있는 여인. 이미 발치에 떨어진 다른 한 짝의 장갑이 에로틱한 암시를 던진다. 그럼에도 여인은 결코 천박해보이지 않는다. 이것이 바로 뒤랑이 지닌 재능이었다. 사전트는 스승의 이런 장점을 그대로 체득했다. 훗날 사전트가 기품 있는 초상화로 유명세를 떨치게 된 것은 모두 훌륭한 스승 덕이었다.

승승장구하던 그에게 또 한 번의 변화가 일어난다.

주문받은 초상화만을 그려왔던 사전트에게 어떻게든 꼭 화폭에 옮기고 싶은 여인이 나타난 것이다. 마담 피에르 고트로Madame Pierre Gautreau. 매혹적인 외모와 우아한 자태로 당대 파리 상류층의 여왕이자 사교계의 뮤즈로 군림했던 여인. 사전트는 그녀의 아름다움을 그림으로 그려내고픈 강렬한 욕망에 휩싸였다.

마침내 그녀가 캔버스 앞에 섰다. 사전트는 백옥같이 하얀 피부를 강조하기 위해 그녀에게 어둡다 못해 푸른빛이 쨍하고 도는 검은 드레스를 입히고 어두컴컴한 배경 앞에 홀로 세웠다. 그림이 말해주고 있듯, 지금 화가의 눈에 보이는 것은 오로지 그녀뿐이다.

배경색에 묻힌 채 덩그러니 놓여 있는, 지루할 정도로 단조로운 탁자 하나와 어깨끈이 살짝 흘러내린 채 하얀 손을 살며시 짚고 선 고트로 부인(현재 남아 있는 그림은 흘러내린 어깨끈을 수정한 것이다). 이 단순한 색감과 구도 속에서도 그녀의 아름다움은 빛이 난다. 아니, 그녀의 아름다움을 강조하고 싶은 화가의 욕망이 다른 모든 것을 생략하게 만든 것이다. 이 그림은 1884년, 파리 전시회에 「마담 X」라는 제목으로 출품됐다.

그러나 대중의 반응은 사전트의 예상과 달랐다. 사람들은 「마담 X」가 천박하고 외설적이라고 비난했다. 마담 고트로의 어머니는 날마다 사전트를 따라다니며 그림 전시를 중단해달라고 요청했으며 전시가 끝난 뒤에도 고트로 집안에서는 이 작품의 구매를 거부했다. 마담 고트로는 이 그림 때문에 외설 시비에 휘말리다 한동안 사교계를 떠나 잠적한다. 사전트는 이 작품에 대해, 자신은 정확히 있는 그대로의 마담 고트로를 그렸기에 그 어떤 것도 논란이 될 건 없다고 말했다. 센세이션을 몰고 올 것이라 믿은 작품이 자신의 화가 인생 중 유일하게 혹평과 조롱을 받게 된 아이러니한 상황. 결국 사전트는 화려했던 파리에서의 생활을 모두 접은 채 영국으로 떠나야만 했다.

한 번 보면 쉽게 잊기 힘든 그림, 「카네이션, 릴리, 릴리, 로즈」.

제목마저도 달큼한 이 작품이 사전트 인생의 가장 큰 실패 이후 완성된 그림이라는 걸 떠올리며 나는 잠시 멍해진다.

흰 옷을 입은 두 소녀가 해질녘 노을이 잔잔하게 비쳐오는 정원에서 등불을 밝히고 있다. 주인공은 영국 출신 일러스트레이터 프레데릭 바나드 Frederick Barnard의 두 딸, 도로시Dorothy와 폴리Polly. 하얀 뒷목이 훤히 드러나 보이는 짧은 머리의 왼쪽 소녀가 당시 열한 살이었던 돌리, 중국식 등에 온통 정신이 팔린 오른쪽 소녀가 일곱 살이었던 폴리다. 여름이 한창 절정에 다다랐는지 소녀들 주위로 흰 백합과 붉은 카네이션, 핑크빛 장미가 흐드러지게 피어 있다.

사전트가 이 그림을 완성한 것은 1886년 10월경이지만 작업 구상을 시작한 시기는 그보다 빠른 1885년 9월 경, 「마담 X」의 실패로 영국에 도착한 지 얼마 되지 않은 시점이었다.

편견 가득한 세간의 평가와 작가로서의 실패에 잠식당하지 않고
자신이 속한 세상에서 끊임없이 아름다움을 발굴해 낸 사전트.

/
존 싱어 사전트
「카네이션, 릴리, 릴리, 로즈*Carnation, Lily, Lily, Rose*」
1886.

이 꺾이지 않는 정신이 그를 위대하게 만들었다.

사전트는 「카네이션, 릴리, 릴리, 로즈」를 완성하고 3년 쯤 지나 돌리와 폴리의 또 다른 모습을 그리기도 했다. 세월이 흐른 만큼 소녀들에게서도 성숙함이 묻어난다.

나무와 백합이 한껏 우거진 정원.

대롱대롱 매달린 중국식 등에서 고요히 번지고 있는 주홍 불빛. 사전트는 「카네이션, 릴리, 릴리, 로즈」에서 여름의 햇살이 눈부시게 내리쬐는 한낮보다, 해가 뉘엿뉘엿 져 갈 무렵의 한가로움을 포착하고 싶었던 듯하다. 보랏빛, 핑크빛, 주황빛이 한데 섞여 하늘을 물들이는 그 몇 분. 하늘의 색깔, 차오르는 공기, 스며드는 빛이 완벽히 조화를 이루는 그 짧은 순간을 담아내기 위해 사전트는 붓을 들었다. 마치 무언無言의 약속을 반드시 지켜야만 하는 비장한 무사처럼 그는 작업에 몰두했다. 그럼에도 이 작품은 완성되기까지 꽤 오랜 시간이 걸렸다.

언제나 그렇듯 여름은 한밤의 꿈처럼 금세 흘러가버리고 그 자리에 가을이 성큼 다가온다. 싱그럽던 꽃잎도 시들고 푸른 빛깔의 잎사귀들도 윤기를 잃은 채 마르기 시작했다. 사전트는 그림 속에 반드시 그 해 여름의, 타는 듯한 열기가 고요히 식어가던 그 오후의 풍경을 담고 싶었다. 결코 꺾이지

/
존 싱어 사전트
「도로시 버나드*Dorothy Barnard*」
1889.

존 싱어 사전트
「하얀 모슬린을 입은 폴리 버나드*Polly Barnard, Girl in White Muslin*」
1889.

않는 정신의 소유자였던 사전트는 그림을 완성하기 위해 죽어버린 여름 꽃들을 꺾어내고 그 자리에 조화를 심었다. 이런 노력 끝에 「카네이션, 릴리, 릴리, 로즈」는 드디어 그 해 10월 완성된다.

화양연화花樣年華. 찰나처럼 지나가버리는, 인생에 있어 가장 아름다운 한 때. 그 순간을 화폭에 옮기면서 아마도 사전트는 돌이킬 수 없는 과거의 영광을 회상했을지도 모를 일이다. 그림 속 어느 꽃이 조화인지 지금은 알 길이 없다.

이 그림 앞에 서면 나도 그처럼
절망의 바닥에 있을 때조차 아름다움을 분별해낼 수 있는,
강인한 영혼을 갖고 싶다.

Tate Britain

런던 테이트 브리튼

「카네이션, 릴리, 릴리, 로즈」는 템즈강 북쪽의 밀뱅크Millbank에 위치한 런던 테이트 브리튼에 소장되어 있습니다. 테이트 브리튼은 영국 미술품만을 전시하는 특징이 있어요. 사전트는 미국인이었지만 영국에 정착한 뒤 그 곳에서 숨을 거두었습니다. 그래서 그의 그림들 또한 테이트 브리튼 컬렉션에 포함되어 있는 거랍니다.

이곳에서는 존 에버렛 밀레이John Everett Millais의 유명한 그림 「오필리아」를 볼 수 있어요. 오필리아는 셰익스피어의 희곡 『햄릿Hamlet』에 등장하는 비극적인 운명의 여인입니다.

존 에버렛 밀레이
「오필리아*Ophelia*」
1852.

그녀는 연인 햄릿에게 아버지를 잃고,
강물에 몸을 던져 스스로 목숨을 끊습니다.
밀레이는 슬픔에 몸을 가눌 수 없는 한 여인이 죽어가는 순간을
청초하고도 관능적인 장면으로 그려냈습니다.

그는 약 네 달 동안 호그스밀Hogsmill 강가에 머물며 배경 작업을 했어요.
그 후 런던으로 돌아와 한 여성을 모델로
오필리아의 모습을 그려나갔습니다.
모델은 실제 물이 가득 찬 욕조 안에서 포즈를 취했어요.
강물에 빠져 죽어가는 오필리아를 생동감 있게 표현하기 위해
밀레이가 선택한 방법이었죠.
후에 모델은 감기로 꽤나 고생했다고 합니다.

사전트가 「카네이션, 릴리, 릴리, 로즈」에 쏟은 열정과도 비교가 되네요.
치열한 노력 끝에 아름다운 무언가가 탄생하는 것은
만고의 진리인가 봅니다.

해가 저물어가는 어느 여름,
혹시 런던에 갈 기회가 생긴다면
꼭 「카네이션, 릴리, 릴리, 로즈」를 찾아보세요.
그리고 그림 앞에서
저마다의 가장 아름다웠던 한 때를 떠올려 보시길….

5

하는 일 없이 지내는 즐거움

존 윌리엄 고드워드 「달콤한 게으름」
John William Godward, 1861-1922

친구가 사진 한 장을 보내왔다.

무표정한 얼굴의 핑크색 펭귄, 그 아래 적힌 문장은 이랬다. '나는 아무 생각이 없다. 왜냐하면 아무 생각이 없기 때문이다.' 너무 생각이 많아서 멍해져 버린 친구의 모습이 떠올라 피식 웃음이 나왔다. 나도 친구도 펭귄 녀석처럼 하루쯤 마음껏 게으름 피우며 빈둥거리고 싶지만 선뜻 그러지 못하는 이유는, 죄책감 때문이다. '이렇게 비생산적인 하루를 보내다니. 나는 벌 받아야 해.' 그런 날이면 뉘엿뉘엿 져 가는 해를 따라 마음도 무겁게 가라앉는다. 잠자리에 들기 전에 비장한 각오를 하기도 한다. 내일은 부지런히 시간을 채워야지….

사전적 정의에 따르면 죄책감은 저지른 잘못에 대해 책임을 느끼는 마음을 말한다. 결국 나는 게으름을 '잘못'이라 여기는 셈이다. 정신분석학의 설명은 이렇다. 죄책감의 핵심에는 일종의 불안이 있으며 그 안에는 '만약 내가 누군가를 다치게 하면, 나도 다칠 거야.'라는 생각이 포함되어 있다는 것. 대다수 사람들의 무의식엔 게으름이 불행을 불러올 거라는 불안이 뿌리 깊게 박혀 있다는 이야기다. 성실함이 위대한 덕목으로 추앙받는 세상에서, 게으름은 비난받아 마땅한 죄악일 뿐이다.

게으른 하루를 보내고 나면 늘 불안해하던 내 앞에 작은 위로처럼 그림 하나가 나타났다. 모든 것을 내려놓은 표정으로 아무것도 하지 않고 있는 여자. 그녀의 눈은 내개 이렇게 말하고 있었다.

'잠시 이렇게 있어도, 괜찮아.'

이 그림을 그린 이는 영국 출신의 화가 존 윌리엄 고드워드.

존 윌리엄 고드워드
「달콤한 게으름*Dolce Far Niente*」
1904.

복숭아 빛 볼, 부드러운 눈동자, 뽀얀 피부. 하늘거리는 살구 색 드레스를 입은 여인이 로마시대에나 있을 법한 화려한 저택에서 나른한 시간을 보내고 있다. 하얀 연꽃들이 점점이 피어 있는 연못엔 마치 시간이 멈춘 듯 물결 하나 일지 않는다.

정지해 있는 듯한 수면 위로 보이는 작은 계단. 단 세 칸에 불과한 이 나지막한 계단 끝엔 섬세한 기둥 두 개와 다채로운 모자이크로 장식된 문이 있다. 문을 열고 계단에 내려서면 곧장 연못 안으로 걸어 들어가게 되어 있는 구조로 보아, 이 문은 가짜다. 이곳을 통해 나갈 수도 들어올 수도 없지만 그럼에도 이 문은 여인이 머무는 공간을 굳게 닫아걸고 있다. 문은, 분주한 세상과 연결된 통로를 차단함으로써 여인의 휴식이 방해받지 않도록 철저히 보호하고 있는 것이다.

드레스 자락 밖으로 살짝 나온 여인의 발이 한없이 부드러워 보인다. 그 위에 걸쳐진 샌들은 평생 거친 자갈길 따위는 걸을 일 없을 것 같은 여인의 삶을 닮아 가볍기만 하다. 모든 것을 내려놓은 채, 아무 것도 하지 않는 지금 이 순간. 그녀의 게으름은 여인의 온몸을 감싸고 있는 저 털들 마냥 한없이 부드럽고 달콤하다.

그림의 제목은 이탈리아어로 'Dolce Far Niente.'

영어로 번역하면 Sweet to do nothing, '하는 일 없이 지내는 즐거움'이란 뜻이다. 한 마디로 표현하면 '달콤한 게으름.' 약속을 위해 예쁘게 차려입고 화장까지 했지만 여인은 금세 마음을 바꾸었다. "나가기 싫어, 그냥 이대로 있을래." 그림 속 여인과 달리 현실의 하루하루를 살아가는 우리에겐 그럴듯한 이유 하나 없이 예정된 약속을 깨뜨리는 게 생각보다 쉽지 않다. 찝찝함과 미안함에 시달리느니 차라리 꾸역꾸역 몸을 일으키는 쪽이 정신적 괴로움이 덜 하니까. 현실과 명백한 대조를 이루는 이 그림 앞에 서면, 작은 변덕조차 쉽게 용인해 주지 않는 야박한 내 자신에게 한번쯤은 긴 하소연이 하고 싶어진다.

1861년 영국 윔블던Wimbledon에서 태어나고 자란 고드워드는 다섯 형제 중 맏이였다. 자식들에게 매우 엄격했던 부모님의 양육 방식 때문에 그는 부끄럼 많고 비사교적인 성향을 갖게 되었다. 26세가 되던 해, 영국 왕립 미술원 Royal Academy of Arts에서 전시회를 열며 화가의 길로 들어섰으나 가족들은 그의 직업을 인정하지 않았다. 보험 회사의 임원이었던 고드워드의 아버지는 그런 맏아들을 늘 못마땅해 했다. 그럼에도 고드워드는 화가야말로 자신의 천직이라 믿어 의심치 않았다. 사사건건 간섭하고 강요하는 부모의 기대를 저버리기란 쉽지 않았을 테지만 그는 결국 자신이 원하는 길을 갔다.

화가로서의 인생 또한 순탄하지 않았다.

고드워드는 신고전주의Néo-Classicisme 화풍에 매료되어 있었다. 신고전주의란 고전 양식의 부활을 목표로 하는 사조로 고대 그리스 · 로마의 엄격한 양식을 따른다. 신고전주의 화풍의 대가로 알려진 인물 중에는 프랑스 화가 자크 루이 다비드Jacques-Louis David가 있다. 그의 작품 중 가장 유명한 것은 「호라티우스 형제의 맹세」. 프랑스 혁명 이전, 1784년에 완성된 이 작품을 보면 그림 속 모든 요소들이 고전주의의 영향을 받아 엄격하게 절제되어 있다는 걸 알 수 있다. 그러나 신고전주의 화풍이 주를 이루던 때는 18세기 말에서 19세기 초, 고드워드가 그림을 그리던 19세기 말에는 이미 한물 간 양식이었을 뿐이다.

19세기 말, 유럽을 휩쓸었던 미술 사조는 인상주의와 입체파 등 모더니즘Modernism 회화였다. 전통 회화와는 완전히 다른 새로운 미학에 사람들이 열광할 때 고드워드는 유행이 지난 화풍에 매달려 있었던 셈이다. 세상이 모두 인상주의와 입체주의로 몰려갈 때 홀로 신고전주의 곁에 남았던 것을 그저 한 인간의 '고집'으로만 치부해도 될는지 잘 모르겠다. 이유야 어찌 되었든, 고드워드는 유행과 상관없이 자신이 하고 싶은 것을 진지하게 추구했을 뿐이다. 예술가의 고집은 그 자체로 그만의 예술관이 된다. 자신의 화풍을 포기하기보다 그 가치를 알아봐 줄 곳을 찾기로 한 고드워드는 이탈리아로 떠났다. 그곳이야말로 신고전주의 화풍이 목표로 삼았던 고전 양식의 발상지였기 때문이다. 그러나 긍정적인 평가를 받을 수 있으리라 기대했던 그곳

자크 루이 다비드
「호라티우스 형제의 맹세*Le Serment des Horaces*」
1784.

/
존 윌리엄 고드워드
「비너스를 위한 봉헌*An Offering to Venus*」
1912.

에서도 고드워드의 그림은 큰 관심을 받지 못했다.

고드워드가 희망찬 미래를 꿈꾸며 이탈리아로 떠났을 때 그의 아버지는 아들과 모든 연락을 끊었다. 심지어 가족사진에서 그의 얼굴을 도려내기까지 했다. 이때 고드워드의 나이 51세, 화가로 산 인생 내내 그가 가족들로부터 받은 것은 멸시와 비난뿐이었다. 60세가 되던 해 고드워드는 이탈리아에서의 생활을 청산하고 다시 영국으로 돌아왔다. 그리고 1년 뒤, 그는 스스로 목숨을 끊었다. 결코 달콤하지도, 군더더기 없이 깔끔하지도 않았던 그의 삶. 그가 남긴 유서에는 다음과 같은 글귀가 쓰여 있었다.

세상은
나의 그림과 피카소의 그림을 모두 받아들일 만큼 크지 않다.

고드워드의 세계는 고드워드만의 방식으로 만들어지는 것이다. 피카소의 방식을 따른다면 그것은 이미 고드워드의 세계가 아니므로. 그들 중 선택받은 하나는 남고 나머지는 잊힌다. 그러나 멈추지 않고 흐르는 시간 덕에 사람들의 취향과 평가도 변했다. 살아있을 때 관심 받지 못했던 '고드워드'라는 이름은 현재 소더비Sotheby's, 크리스티Christie's 등 세계적 경매 기업에서 19세기 유럽 미술을 대표하는 화가로 거론된다. 2015년, 크리스티는 빅토리아시대 여성의 아름다움을 훌륭히 재현해낸 다섯 작가 중 한 명으로 고드워드를 선택하기도 했다.

고드워드가 캔버스 위에 그려낸 아름다움은 마치 고난의 시절 한가운데서 한 줄 한 줄 써 내려간 달콤한 시어詩語 같다. 그의 그림은 그가 절실히 꿈꾸었으나 결코 가 닿을 수 없었던 이상향의 현전現前이다. 태생적 나약함으로 인해 어쩔 수 없이 무리를 이루고 살아가는 인간들. 그런 우리에겐 고요히 혼자 머물 공간이 그 무엇보다 소중할 때가 있다. 오로지 나만을 위한 시간, 오로지 나만이 머물 공간. 그 갈증이 극에 달할 때, 고드워드의 그림들은 한 자락 위안으로 다가온다.

아무 일정도 없는 어느 아침, 가까운 미술관으로 향한다.
그림 몇 점이 침묵 속에 놓여 있다.
그 침묵을 경청하며 나도 그들 사이에 고요히 머문다.
잡다한 것들로 가득 차 있던 마음이 깨끗이 지워지는,
소중한 순간이 내게 있다.

한밤의 미술관 산책

존 윌리엄 고드워드의 「달콤한 게으름」은 개인 소장품입니다.
아쉽게도 공공 미술관에서는 이 작품을 만날 수 없네요.

고드워드는 「달콤한 게으름」이라는 동일한 제목과 주제로 세 가지 버전의 그림을 남겼습니다. 앞서 보신 1904년 작 이외에 1897년 작과 1906년 작을 아래에 소개합니다.

존 윌리엄 고드워드
「달콤한 게으름*Dolce Far Niente*」
1897.

존 윌리엄 고드워드
「달콤한 게으름*Dolce Far Niente*」
1906.

재미있게도 세 작품 모두 개인이 소장하고 있어요.

동양의 옛 선비들은 와유臥遊를 즐겼습니다.
와유란 '누워서 유람한다'는 뜻으로
방에 누워 명승지나 고적古跡이 담긴 그림을 보며
상상 여행을 떠나는 거랍니다.
직접 가 볼 수 없는 이상향, 무릉도원 같은 곳이
와유의 목적지로 인기가 많았습니다.

고드워드의 그림을 소장하고 있는 이 또한
숨 돌릴 틈 없이 바쁜 일상을 보내는 사람이 아닐까,
짐작해 봅니다.
달콤한 게으름이 마음껏 허용되는 곳을
상상으로나마 여행하고 싶은 그런 사람 말이죠.

어느 갤러리에서도 「달콤한 게으름」의 실물을 볼 수는 없지만
이 밤, 우리도 잠시 책 속의 그림들 사이로
와유를 떠나보는 건 어떨까요.

저녁 설거지를 끝내고
주전자에 찻물을 올렸다

6

'영원한 사랑'이라는 거짓말

프랭크 캐도건 카우퍼 「무자비한 미녀」
Frank Cadogan Cowper, 1877-1958

선홍색의 화려함이 화면을 압도하는 그림 한 장.

싱그러운 기운이 한껏 느껴지는 풀밭 위, 한 여인이 고혹적인 자세로 앉아 있다. 풀밭을 가득 메운 붉은 꽃은 경계를 뛰어넘어 그녀가 입은 드레스 위까지 흐드러지게 피었다. 마치 그 꽃들을 자랑이라도 하려는 듯 여인은 드레스 자락을 활짝 펼쳐 놓고 새초롬하게 시선을 피하고 있다. 어깨 아래

/
프랭크 캐도건 카우퍼
「무자비한 미녀*La belle dame sans merci*」
1926.

로 늘어뜨린 탐스러운 금발 머리, 하트 모양으로 부드러운 선을 그리는 새하얀 두 팔 그리고 은은한 입가의 미소. 방금 전 커다란 꽃송이 속에서 꽃잎을 하나하나 열어젖히고 걸어 나온 듯한 그녀. 그 짙은 향기에 나도, 당신도 이미 취해버렸다.

하지만 이 그림엔 그녀 말고도 놓치지 말아야할 인물이 있다.

그녀의 치명적인 아름다움에서 한 발짝 떨어져 나왔을 때 그제야 보이는, 은빛 갑옷을 걸친 채 여인의 발치에 맥없이 누워 있는 한 남자. 번쩍이는 갑옷 상태를 본 이들은 남자가 잠시 잠에 빠진 거라 생각할 것이다. 그렇다면 남자의 얼굴 위를 자세히 보라. 평온하게 잠든 것 같은 남자의 얼굴 위로 여러 겹의 거미줄이 드리워져 있다. 남자는 오래전, 생명을 잃었다.

이 그림은 여기서부터 시작된다.

제목이 많은 것을 말해주는 작품 「무자비한 미녀」. 아름답지만 치명적인 여자, 팜므 파탈Femme Fatale이 주인공인 작품이다. 이 그림을 그린 프랭크 캐도건 카우퍼는 열아홉 살이 되던 해 세인트 존스 우드 미술학교St John's Wood Art School에 입학했고, 스무 살부터는 영국 왕립 미술원Royal Academy of Arts에서 본격적으로 미술 공부를 시작했다. 부모님의 적극적인 지지가 있었지만 그들 중 누구도 화가는 아니었다. 독특하게도 카우퍼의 아버지는 영국에서 매우 유명한 요트 선수였으며 인정받는 작가이기도 했다.

이런 환경에서 자유롭게 자신의 재능을 키워가던 카우퍼는 금세 두각을 나타냈다. 스물두 살이 되던 해 왕립 미술원 전시회에 처음으로 작품을 걸었으며, 스물넷에 내놓은 또 다른 그림 「1791년 파리, 처형 소환장에 응하는 귀족」은 평단의 극찬을 받았다. 그림 속 주인공은 프랑스 혁명 당시 처형을 당하게 된 한 귀족. 기품 있게 차려입고 집을 나서는 그의 얼굴엔 애써 꾸며낸 담담함이 있다. 그러나 긴 칼을 든 채 무거운 침묵 속에 잠겨 있는 오른편 남자의 얼굴에서도 읽을 수 있듯, 지금 이 귀족은 결코 살아 돌아오지 못할 길을 나서는 중이다. 그 창백한 두려움을 감추려는 듯 남자는 움츠러드는 어깨에 힘을 주고 떨리는 턱을 한껏 치켜세웠다. 어린 나이에도 카우퍼는 복잡한 인간의 심리를 능숙하게 표현할 줄 알았다.

정통 아카데미에서 실력을 쌓았던 카우퍼는 훗날 모순적이게도 '최후의 라파엘 전파前派' 작가라는 호칭을 얻게 된다. 이 모순에 대해 잠시 짚고 가자.

라파엘 전파Pre-Raphaelite Brotherhood는 1894년 영국에서 시작된 예술 운동이다. 이 운동을 이끌었던 이들은 왕립 미술원이 최고의 예술가로 존경했던 라파엘로Raffaello Sanzio da Urbino에 대해 비판적 견해를 지니고 있었다. 고전적이고 이상적인 구도만을 추구하는 라파엘로의 화풍이 미술계의 성장에 부정적인 영향을 미친다고 생각했기 때문이다. 그러한 한계를 뛰어넘기 위해 그들은 영국의 예술이 전성기 르네상스 시대 화가인 라파엘로 이전以前 시대로 돌아가야 한다고 주장했다. 라파엘 전파라는 이름은 여기에서 유래했다.

프랭크 캐도건 카우퍼

「1791년 파리, 처형 소환장에 응하는 귀족*An Aristocrat Answering the Summons to Execution*」

1901.

/
라파엘로
「그란듀카의 성모*Madonna dell Granduca*」
1505.

카우퍼의 모순성은 여기 있다. 자신을 화가로 키워준 기름진 토양이었던 왕립 미술원과 그 세계가 존경하는 라파엘로. 이에 반대하는 이들과 함께하는 순간, 원하든 원치 않았든 그는 최후의 라파엘 전파로 불리게 되었다.

라파엘 전파가 모범으로 삼았던 대상은 중세 고딕과 초기 르네상스 시대의 미술이었다. 이 시대의 미술은 세련미가 물씬 풍기는 전성기 르네상스 미술(라파엘로로 대표되는)에 비해 다소 투박하게 보인다. 하지만 자연을 섬세하게 관찰하고 세부 묘사에 충실했던 기법 덕분에 진솔한 느낌은 더 강하게 다가온다. 초기 르네상스를 대표하는 화가 프라 안젤리코Fra Angelico의 작품에서 느껴지는 정갈하면서도 순수한 분위기가 그 예다. 카우퍼의 그림에서도 비슷한 분위기를 발견할 수 있다.

특히 라파엘 전파는 문학적 소재에서 많은 영감을 받았다. 카우퍼 역시 마찬가지. 그의 그림 「무자비한 미녀」 또한 19세기 영국 시인 존 키츠John Keats가 쓴 같은 제목의 시 「무자비한 미녀」에서 아이디어를 얻었다. 시 속에서 무자비한 미녀는 달콤한 말로 기사를 유혹한다. 자신의 고뇌를 단번에 알아차리고 위로의 손길을 건네는 아름다운 여인. 기사는 임무 따윈 까맣게 잊은 채 그녀 곁에 머문다.

/
프라 안젤리코
「수태고지*The Annunciation*」
1450.

프랭크 캐도건 카우퍼
「점쟁이, '검은 여인을 조심하세요.' *The Fortune Teller, 'Beware of a Dark Lady.'*」
1940.

나는 그녀를 말에 태웠고,

그녀는 내 등에 기대어 요정의 노래를 불렀지.

나는 온종일 아무것도 보지 못했다네.

사랑에 눈이 먼 남자는 아무것도 보지 못한다. 여러 가지 의무, 현실의 고통, 머리를 떠나지 않는 고민들. 그 모든 것이 아득히 멀어져 가고 그의 눈앞에 아름다운 여인만이 남는 순간, 남자는 비로소 삶이 행복하다 느낀다. 그 여인으로 인해 그의 인생은 거짓말처럼 완벽해진다.

그녀는 나에게 달콤한 풀과 야생 꿀과 감로수를 찾아주며

요정의 언어로 말했소, 분명히.

'나는 진심으로 당신을 사랑해요.'

진심으로 사랑한다는 말. 이 한 마디에 남자는 확신한다, 이 사랑은 영원할 것이라고. 여자가 이끄는 곳으로 따라간 남자는 귀와 가슴을 적시는, 꿀처럼 달콤한 목소리를 들으며 깊은 잠에 빠진다. 남자는 이 궁극의 환희와 쾌락이 내일도 이어질 것임을 결코 의심하지 않으며 마지막 눈을 감는다.

존 키츠의 「무자비한 미녀」는 전설처럼 떠도는 옛이야기를 원전으로 한 시다.

숲속에는 아름답지만 무시무시한 미녀가 살고 있다. 그녀는 지나가는 남자들을 유혹해 그들의 정기를 빨아먹는다. 미녀의 유혹에 걸려든 남자들은 원혼이 되어 숲을 떠돈다. 카우퍼는 무자비한 미녀가 기사의 생명을 한 방울도 남기지 않고 빨아먹은 뒤의 모습을 그림으로 그렸다.

기사는 자신의 얼굴 위로 거미줄이 드리워진 줄도 모른 채 창백한 모습으로 영원한 잠에 빠져있다. 그의 생기를 고스란히 앗아간 무자비한 미녀는 싱그러운 꽃에 둘러싸인 채 눈부신 하루를 보내는 중이다. 그 모습이 마치 사냥해온 먹잇감을 실컷 먹고 난 후 포만감에 겨운 맹수처럼 여유롭다. 먹잇감으로서 역할을 다 한 기사는 맹수의 발톱 밑에 싸늘하게 버려졌다.

그림 속 붉은 꽃은 양귀비다. 꽃말은 몽상과 위안. 양귀비의 학명 'Papaver somniferum'에서 somniferum 또한 '잠을 불러오는 것'이라는 의미다. 실제로 아편꽃이라고도 불리는 양귀비는 모르핀 성분을 함유하고 있으며 중추신경계에 작용하여 강력한 진정 · 진통 효과를 발휘한다. 무자비한 미녀의 드레스도, 그녀가 앉아 있는 초록의 들판도 온통 양귀비로 덮여있는 까닭이 바로 여기에 있다.

무자비한 미녀의 유혹에 넘어간 기사는 곧 환각에 빠진다. 세상을 흔들 만큼 아름다운 여인과 그녀가 약속한 영원한 사랑과 그리고 두 사람 앞에 남은 찬란한 나날들…. 온몸의 정기가 모두 빠져나가고 본능적으로 죽음을 직감한 순간, 기사는 이 달콤한 언약을 붙잡기 위해 마지막 몸부림을 친다.

한 사내의 주검 옆

붉디붉은 양귀비들이 바람에 흔들리고 있다.

그 바스락거림에 묻혀 이 이야기 또한 금세 잊힐 것이다.

카우퍼가 들려준 이 허망한 이야기 앞에

적어도 남자의 마지막은 더없이 행복했을 거라고,

짧은 위안의 말을 남겨 본다.

Hessisches Landesmuseum Darmstadt

독일 다름슈타트 헤센 주립 박물관

실제로 본다면 숨이 막혀버릴 것 같은 그림, 프랭크 캐도건 카우퍼의 「무자비한 미녀」는 안타깝게도 소재 불명입니다.

그렇지만 다행히도 우리에겐 무자비한 미녀의 아름다운 자태를 만날 수 있는 또 다른 방법이 있답니다. 무자비한 미녀를 그린 화가가 카우퍼뿐만은 아니었기 때문이죠.

19세기 영국에서 활동했던, 또 다른 라파엘 전파 화가인 존 윌리엄 워터하우스John William Waterhouse 역시 「무자비한 미녀」를 그렸습니다. 라파엘 전파 작가들은 아마도 존 키츠의 「무자비한 미녀」라는 시에 깊은 감명을 받았던 것 같습니다.

존 윌리엄 워터하우스
「무자비한 미녀*La belle dame sans merci*」
1893.

워터하우스는 무자비한 미녀가
막 기사를 유혹하기 시작했을 때를 포착했네요.
자신의 욕망을 충족한 뒤 여유를 즐기는 미녀를 그렸던
카우퍼와 비교가 됩니다.
그래서일까요.
카우퍼 그림 속 당당하고 도도한 미녀와 달리
워터하우스의 무자비한 미녀는 어딘지 청초하고 가련해 보이는 모습이에요.
하지만 그녀는 잠시 후 본색을 드러낼 겁니다.

저 아름다운 얼굴로 어떤 애절한 이야기를 한 것인지
여인의 이야기를 들은 남자의 얼굴에 당황한 빛이 역력합니다.
이 장면 이후의 전개에 대해서 우리는 너무도 잘 알고 있지요.
마음이 아프지만 어쩔 수 없는 일입니다.
본능적으로 아름다움을 추앙하는 인간의 한계를 탓해 봐야
소용없는 일일 테니까요.

존 윌리엄 워터하우스의 이 그림은
독일 다름슈타트 헤센 주립 박물관에 소장되어 있습니다.
무자비한 미녀의 달콤한 속삭임을 엿듣고 싶다면
언젠가 이곳에 꼭 들러보시길.

7

한 인간의 부끄러운 고백

에곤 실레 「이중 자화상」
Egon Schiele, 1890-1918

내 속엔 내가 너무도 많아
당신의 쉴 곳 없네
내 속엔 내가 어쩔 수 없는 어둠
당신의 쉴 자리를 뺏고
내 속엔 내가 이길 수 없는 슬픔
무성한 가시나무 숲 같네

「가시나무」의 가사처럼 우리들 마음속엔, 서로 부대끼며 울어대는 수많은 '나'가 있다. 가끔 친구들이 나를 표현하는 말을 들을 때면 그 다양함에 새삼 놀라곤 한다. 너는 적극적이고 활발한 애잖아. 넌 돌아다니는 것보다 집에 있는 걸 더 좋아하지. 하나인 내가 이렇게 상반된 이미지로 묘사된다는 사실이 신기할 정도다. 솔직히 나 자신도 나를 쉽게 정의 내리기 힘들다. 분명 나는 이러이러한 사람, 이라 생각하며 살았는데 그것과 정반대의 행동들을 아무렇지 않게 하기도 한다.

내 속엔 내가 모르는, 수많은 '나'가 있다.

그렇게 인정해도 왠지 불안하다. 나란 존재는 몇 개의 명료한 문장으로 정의되어야만 할 것 같다. 다른 이들과 나를 구별지어줄 확실한 무언가가 있어야만 할 것 같다. 오늘도 우리는 '자아 찾기'라는 이 고단한 작업에 강박적으로 매달린다.

뛰어난 예술가들은 자화상을 통해 자아를 드러내 왔다.

미술 역사상 가장 유명한 자화상 중 하나는 알브레히트 뒤러Albrecht Dürer의 것이다. 예수처럼 곱슬머리를 길게 늘어뜨리고 정면을 응시하고 있는 한 남자. 자신감 있는 표정과 형형한 눈빛에선 내면 깊이 지니고 있는 예술가로서의 자부심이 고스란히 드러난다. 위대한 예술가이기 전에 한낱 인간일 수밖에 없는 뒤러 또한 혼란스런 자아상을 가지고 있었을 것이다. 그러나 어

알브레히트 뒤러
「자화상*Self-Portrait*」
1500.

깨를 곧게 펴고 화면의 중앙에 딱 버티고 선 자세에서, 마음 속 부유하고 있는 여러 갈래의 '나'를 하나의 이미지로 응축시키고자 하는 한 인간의 강한 의지가 느껴진다.

어둡고 탁한 내면의 무늬를 타인에게 보란 듯이 펼쳐 보일 사람은 흔치 않다. 오스트리아 출신의 화가 에곤 실레는 그런 점에서 매우 독특한 예술가다. 그는 일찍이 그림에 재능을 보인 천재였다. 말수가 적고 부끄럼이 많았지만 무언가에 깊이 매료되곤 했던 아이. 기차 역장이었던 아버지는 기차만 줄기차게 그려대는 실레의 스케치북을 찢어버린 적도 있다. 학교생활도 순탄치 않았다. 공부에 흥미가 없어 늘 자기보다 어린 학생들과 수업을 들어야 했다. 실레가 그림만큼 사랑했던 또 다른 대상은 그의 여동생 거트루드Gertrude Schiele였다. 오누이에 대한 사랑의 경계를 넘어선 것 아니냐는 오해의 말들도 있었다. 어른들 허락도 없이 여동생과 기차 여행을 떠나 하룻밤을 함께 보낸 적도 있으니 뒷말이 나올 만도 했다.

15세에 아버지를 잃은 실레는 삼촌의 보호 아래 자라게 된다. 16세가 되던 해, 비엔나의 예술 학교에 입학했다가 곧 좀 더 전통적인 아카데미로 옮겨갔다. 하지만 어디로 튈지 모르는 상상력과 금기를 넘어서고자 하는 욕망으로 가득 차 있던 실레에게 정해진 규칙에 따라 아름다운 그림만 그려야 하는 아카데미의 보수성은 견디기 힘든 것이었다. 왜 아름다움만을 추앙해야 하는가. 세상은 추하고 역겨운 것투성이고 오히려 그것들이 세상의 본질과 더 가깝다는 것을, 실레는 알고 있었다.

입학 3년 만에 실레는 아카데미를 뛰쳐나온다. 자신처럼 아카데미에 숨막혀 하던 학생들을 모아 '새로운 예술 그룹Neukunstgruppe'을 만든 실레는 이때부터 자신만의 세계를 그림으로 옮겨내기 시작한다. 뒤틀리고 왜곡된 신체, 온갖 기괴하고 외설적인 이미지들. 한 남자 안에 갇혀있던, 그 스스로도 어찌할 수 없던 어둠들이 캔버스 위로 쏟아져 내렸다. 삶의 비린내가 진동하는 날 것 그대로의 그림들은 그렇게 탄생했다.

실레의 자화상에는 한 인간이 지닌 빛과 어둠의 층위가 고통스럽게 부딪치고 있다. 그중에서도 「이중 자화상」은 작가 마음속의 소용돌이치는 혼란과 어지러운 분열을 잘 보여준다.

그림 속에 두 남자가 있다.

그러나 그림 속 인물은 한 남자, 모두 실레 자신이다. 아래쪽의 실레는 앙상하고 주름진 얼굴의 볼품없는 사내다. 치켜뜨고 있는 눈빛은 반항적이며 앙다문 입술은 고집스럽다. 적개심 가득한 두 눈에서는 세상이 뭐라 하든 개의치 않겠다는 신념마저 느껴진다. 반면 그 머리 위에 얼굴을 기대고 있는 또 다른 실레는 어떤가. 이 사내의 표정은 한결 온화해 보인다. 앙상한

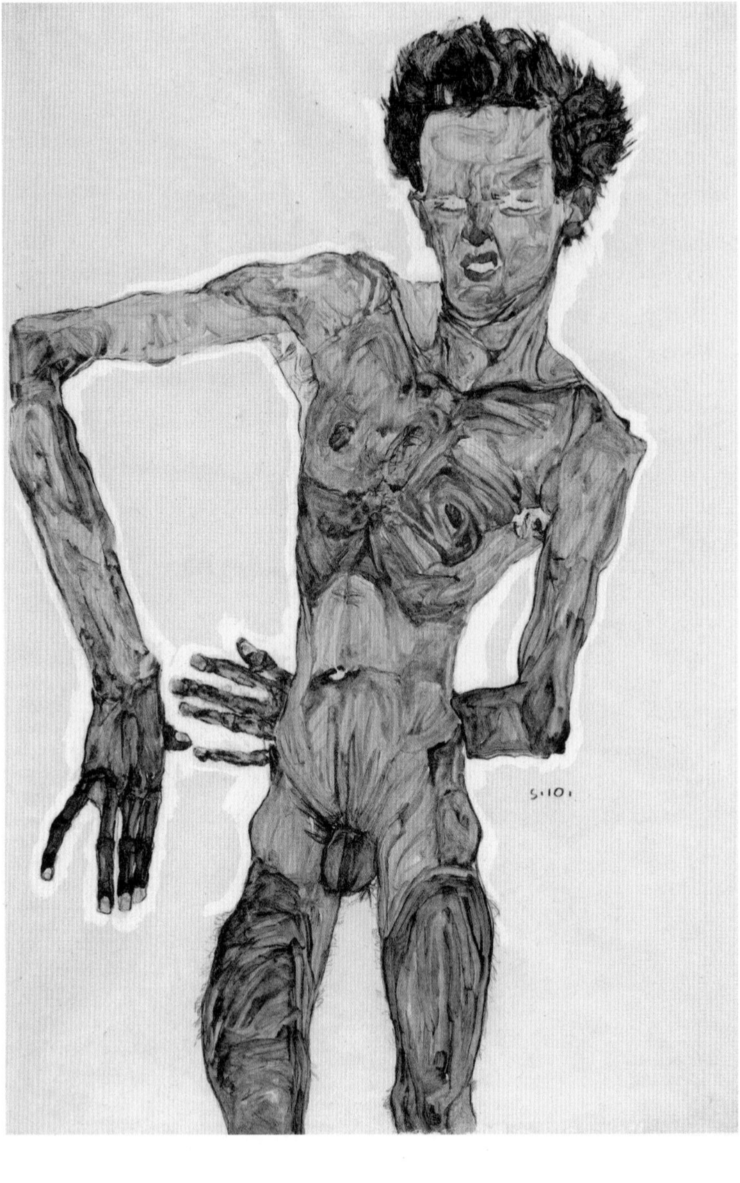

/
에곤 실레
「누드 자화상*Nude Self-Portrait*」
1910.

에곤 실레
「이중 자화상*Double Self-Portrait*」
1915.

얼굴은 그대로지만 순한 눈매를 가졌다. 두 눈을 동그랗게 뜬 채 반항심 가득한 사내의 머리 위에 턱을 괸 남자는 마치 그를 품에 안고 달래는 듯하다. 선한 남자와 어딘지 악해 보이는 남자. 그러나 분명 실레의 내면에는 이보다 더 많은 얼굴들이 숨어 있었을 것이다.

평소 실레는 말쑥하고 단정한 옷차림을 한 예의 바른 청년이었다. 그의 겉모습은 거침없고 때로는 난폭하기까지 한 그림들을 그려내는 화가로는 결코 보이지 않았다. 돈이 없어도 항상 외모를 깔끔하게 가꾸며 가난뱅이 화가처럼 보이지 않기 위해 애썼던 실레. 그가 이런 '자아'일 때 삶을 대하는 태도가 어떠했는지는 결혼 문제에서 극명하게 드러난다.

실레의 첫사랑은 17세 때 만난 발리 노이칠Wally Neuzil이라는 소녀였다. 실레는 구스타프 클림트Gustav Klimt의 모델이자 연인 중 한 명이었던 그녀와 순수하고 불같은 사랑을 나눈다. 클림트와 막역한 사이였음에도 실레는 그녀가 클림트의 연인이라는 사실에 전혀 개의치 않았다. 두 사람은 만난 지 얼마 되지 않아 동거를 시작했고 비엔나 외곽의 몇몇 곳을 전전하며 생활을 이어갔다. 이 시기 동안 실레는 노이칠을 모델로 많은 그림을 남겼다.

스물네 살이 되던 해, 실레는 작업실 건너편에 살고 있던 에디트 하름스Edith Adele Harms라는 여인을 알게 된다. 부유한 집안의 딸로 실레의 미래를 보

에곤 실레
「발리 노이칠의 초상*Portrait of Wally*」
1912.

장해 줄 수 있는 배경을 가진 여자, 하름스. 반면, 실레의 뮤즈이지만 안정적인 삶과는 거리가 먼 여인, 노이칠. 사뭇 분위기가 달라 보이는 두 남자를 하나의 자화상에 그려 넣었던 실레, 외설적인 그림을 거침없이 그려대다가도 집 밖을 나설 땐 단정하게 차려 입었던 이 분열적인 남자는 과연 어떤 결정을 내렸을까.

"나는 내게 유리한 쪽으로 결혼할 생각이야.
노이칠은 내게 적합한 결혼 상대가 아니야."

그는 친구에게 보낸 편지에 이렇게 썼다. 결국 실레는 하름스를 선택한 것이다. 누구랑 결혼하든 선택은 자유다. 그러나 뒤이은 실레의 행동은 치사하기 그지없다. 결혼은 부잣집 딸 하름스와 하되 노이칠과의 관계 또한 끊고 싶지 않았던 실레는 그녀에게 모든 사실을 실토하고 결혼 후에도 계속 만나자고 청했던 것이다. 노이칠은 그 말을 듣자마자 실레 곁을 떠나 다시는 돌아오지 않았다. 실레는 이 이별로 한동안 괴로워했지만 얼마 지나지 않아 결국 하름스와 결혼식을 올린다.

세상을 향해 있는 힘껏 눈을 치켜뜬 남자와 그런 남자를 감싸 안은 순한 눈매의 사내. 인간이란 여러 가지 모습이 뒤엉켜 있는 존재라는 것을 실레는 자신의 이중자화상을 통해 이야기하려는 듯하다. 남들의 시선과 타인의

에곤 실레
「에디트 하름스의 초상*Portrait of Edith Schiele*」
1917.

평가에 한없이 예민하며 안정적인 미래를 위해서라면 뜨겁게 사랑하던 연인조차 버릴 수 있는 남자. 그럼에도 불구하고 실레는 그림 안에 자신의 적나라한 욕망을 거침없이 드러냈다.

내면 깊숙이 자리한,
추하고 비루하기 짝이 없으나
끝내 외면할 수 없었던 나의 여러 얼굴들.
실레의 그림들이 때론
한 인간의 부끄러운 고백처럼 느껴지는 건 이 때문이다.

1918년 가을, 유럽을 휩쓴 스페인 독감이 비엔나에까지 퍼졌다. 임신 6개월이던 하름스가 독감에 걸려 먼저 사망하고 3일 후 실레도 죽는다. 아내가 죽은 뒤 사흘 동안 실레는 아내의 스케치를 몇 장 남기는데, 이것이 그의 유작이 되었다.

실레의 강렬한 자화상들은 말하고 있다.
'나'라 정의할 수 있는 단 하나의 '자아'가 있다는 생각.
그것은, 허구라고.

Leopold Museum

오스트리아 비엔나 레오폴드 미술관

아쉽게도 에곤 실레의 「이중 자화상」은 미술관에서 볼 수 없어요. 개인 소장이기 때문인데요. 그래도 아쉬움을 달래고 싶다면 레오폴드 미술관을 찾아보세요. 세계에서 에곤 실레의 작품을 가장 많이 소장하고 있는 미술관이랍니다.

레오폴드 미술관은 오스트리아 빈의 무제움스크바르티어MuseumsQuartier에 위치하고 있습니다. 무제움스크바르티어는 빈의 노이바우Neubau 지구에 형성된 미술관 지역을 말하는데요. 다양한 양식으로 지어진 미술관들이 모여 있는 문화 예술 공간입니다.

레오폴드 미술관에서는 실레의 「누드 자화상」을 비롯한 여러 자화상들과 「발리의 초상」까지 모두 볼 수 있어요.

구스타프 클림트
「키스*The Kiss*」
1907.

특히 이곳에 간다면 놓쳐선 안 될 작품이 있습니다.
바로 실레의 「추기경과 수녀」입니다.

검은 옷을 입고 무릎을 꿇은 수녀와
그런 그녀를 끌어안고 있는 추기경.
이 작품은 구스타프 클림트의 대표작
「키스The Kiss」를 패러디한 것입니다.

에곤 실레
「추기경과 수녀*Cardinal and Nun*」
1912.

사랑의 순간을 더없이 화려하고 아름답게 표현한
클림트의 그림과 달리 실레의 그림은
타락한 감정과 뒤틀린 성적 집착을 나타내고 있어요.
추기경에게 붙들린 수녀의 눈빛에 오래도록 시선이 머뭅니다.
그 안에 담긴 두려움과 불안함이
보는 이에게도 고스란히 전달되네요.

지금은 「추기경과 수녀」라 불리지만
이 작품에 실레가 붙인 제목은 「애정The Caress」이었다고 해요.
사랑에는 클림트의 「키스」와 같은 달콤함뿐만 아니라
집착과 거짓, 추악함 같은 어두운 면들도 있다는 생각,
과연 실레다운 발상입니다.

8

무無로 돌아가다

모래 만다라
Sand Mandala

나는 취향이 확고한 편이다.

그렇다고 믿는 것인지도 모르겠다. 어쨌든, 노래와 영상에 관한 취향만은 한결같다. 영화든 드라마든 도입부에서부터 내게 신호를 보내오는 작품이 있다. 데이비드 핀처David Andrew Leo Fincher 감독의 미국 드라마 「하우스 오브 카드House of Cards」. 세련된 영상과 정교한 스토리로 TV드라마의 한계를 훌쩍 뛰어넘은 작품이다. 보는 내내 정치판의 치열한 권력 다툼과 머리싸움에 몇 번이나 소름이 돋았다.

무엇보다도 나의 눈길을 끌었던 것은 프랭크와 그의 아내, 클레어 언더우드의 관계다. "우리는 팀"이라고 말하는 그들 부부의 냉정한 사랑 그리고 그 위에 쌓아가는 욕망과 권력에 대한 집착이 매혹적이다. 둘의 관계는 평범한 부부 사이를 넘어 권력에 대한 욕망을 공유하는 동반자로서 강한 결속력을 갖고 있다. 시즌이 거듭될수록 그 관계에 보이지 않는 금이 생기고 균열이 일 때마다 내 마음까지 같이 흔들렸다.

많은 영화와 드라마에서 그림은 중요한 메시지나 복선의 역할을 담당한다. 대사보다 더 많은 이야기를 담고 있을 때도 있다. 이 드라마에 빈번히 등장하는 역대 대통령의 초상화들은 프랭크와 클레어가 달려가고 있는 목표점이 어디인지 단적으로, 그러나 세련되게 보여주는 강력한 장치다. 회를 거듭할수록 이 부부의 욕망은 비틀리고 맹목적으로 변해간다. 바로 이 시점에 낯선 그림 하나가 그들 앞에 '던져진다.'

티베트 승려들이 그리는 「모래 만다라」가 바로 그것이다.

만다라Mandala는 여러 겹의 단에 부처와 보살을 배치하여 우주의 진리를

깔때기를 이용하여 만다라를 제작 중인 승려.

상징적으로 표현한 그림이다. 승려들은 미세하게 갈아놓은 색색의 모래를 구리로 된 깔때기티베트어로 Chak-pur에 담아 널찍한 판 위에 '얹는다.' 깔때기를 톡톡 두드리면 바람결처럼 고운 모래가 만다라 형상의 밑그림 위에 조금씩 떨어진다. 바닥에 펼쳐놓은 판 위로 한없이 낮게 몸을 구부려야만 색을 채워 갈 수 있는 이 예술은 인간의 알량한 자존심과 오만을 허락하지 않는다. 불편과 고통 속에 오랜 시간 집중해야 하는 작업, 부처가 제자들에게 모래 만다라를 가르쳤던 이유 또한 이 '더딤'과 '인내'의 과정 속에 있다. 모래 만다라는 11세기에 이르러 인도에서 티베트로 전해져 지금까지 보존되고 있다.

바닥에 캔버스를 깔아놓고 그림을 그리는 방식은 그리 낯선 것만은 아니다. 현대 미술의 계보에서 이러한 시도는 일종의 파격이었지만 대중은 신선하게 받아들였다. 이젤을 버리고 바닥을 선택한 화가 중 가장 유명한 이는 미국의 추상표현주의Abstract Expressionism 화가 잭슨 폴록Paul Jackson Pollock. 폴록은 마룻바닥에 평평하게 깔아놓은 캔버스 위로 공업용 페인트를 흩뿌리는 방식으로 작품을 완성했다. 거대한 캔버스 위를 이리저리 걸어 다니며 그림을 그렸기에 그의 제작 방식을 액션 페인팅Action Painting이라 부른다.

그러나 그림을 그리는 잭슨 폴록의 모습은 모래 만다라를 그리는 티베트 승려들과는 분명 다르다. 폴록이 생동감 넘치고 저돌적이며 충동적인 순간 속에 서 있다면, 티베트 승려들은 고요하고 정적이며 자기통제적인 시간 속

만다라 제작에 사용되는 색 모래.

/
「넘버 5*Number 5*」를 그리고 있는 잭슨 폴록
1948.

에 존재하기 때문이다. 상업 예술과 종교 예술을 단순 비교할 수 없지만, 속세의 예술가들은 외연의 확장에 치중하는 반면 신의 가르침을 따르고자 하는 이들은 존재의 바닥에 닿기 위해 내면 깊이 침잠하며 신과 진리를 향해 수렴하는 삶을 지향한다.

전위 예술가이자 비디오 아티스트인 백남준은 몸을 거의 바닥에 붙인 채 기어가며 작품을 완성했다. 「머리를 위한 선」은 잉크와 토마토 주스를 섞은 통에 머리카락과 넥타이를 담근 후 이를 붓 삼아 굵고 검은 선을 천천히 그려나간 작품이다.

바닥을 향해 몸을 굽힌 채 단순한 형상을 만들어 나가는 단색화가 이우환의 작업 방식 또한 모래 만다라를 만드는 방식과 유사한 맥락 속에 있다. 이우환은 붓 끝에 모든 에너지를 싣기 위해 허리를 90도로 굽혀 캔버스와 마주한다. 구도자의 경건함을 떠올리게 하는 그 자세는 모래 만다라 앞에 온몸을 웅크리고 앉아 있는 티베트 승려들의 불심佛心과 닮아 있다.

바닥에서 탄생한 잭슨 폴록, 백남준, 이우환의 작품. 그러나 이들 모두 결국엔 '몸을 일으킨다.' 한없이 낮은 바닥에서 태어난 뒤, 관객의 시선과 수평을 이루는 벽에 걸리게 되는 것이다. 남달랐던 탄생의 과정은 완성된 작품 속으로 접혀 들어가 더 이상 보이지 않는다. 다만 우리는 세계적 거장들이

「머리를 위한 선」을 그리고 있는 백남준
1961.

「조응」 작업 중인 이우환
1990년 경.

어떻게 그림을 그렸는지 너무나 잘 알고 있기에, 벽에 걸린 그림과 바닥에 놓여있던 시간을 포개어 생각할 수 있는 것이다. 그러나 모래 만다라는 다르다. 모래 만다라는 단 한 번도 몸을 일으키지 않은 채, 사라진다. 존재가 완성되는 그 순간 창조자에 의해 무無로 돌아가는 것이다.

승려들은 만다라가 완성되자마자 그것을 없애버린다.
커다란 붓으로 화려하고 장엄한 만다라를 휘저어버리는 것이다.
바로 '해체 의식dissolution ceremony'이다.

온 정신을 집중해 정교한 형상을 만들고 다시 한 줌의 모래로 허무는 것.

모래에서 시작한 것은 다시 모래로 돌아간다는 이 단순한 논리 앞에서 나는 커다란 충격을 받는다. 완성된 만다라를 밀폐된 유리 액자 속에 넣어 소중히 보관할 것이라고 믿었던 나의 세속적인 생각 위로 죽비竹篦가 세차게 내리쳤다.

모래 만다라의 해체 의식은 무상無常, 덧없음을 시리도록 각인시켜준다.

승려들은 다시 한 줌의 가루가 된 모래를 유리병에 담아 강물에 흘려보낸다. 산스크리트어로 만다라의 만다Manda는 '본질'을 뜻하며 접속어미 라la는 '얻는다'는 의미다. 승려들이 얻으려 했던 구도의 본질은 모래 만다라를 만들고 허무는 과정에 있는 것이지 결코 그 결과물에 있지 않다. 오랜 시간과

만다라를 해체하는 승려.

노력을 쏟은 것에 대해 집착하는 마음이 생길 때, 구도는 사실상 실패하는 것이다. 한 세계의 창조와 파괴, 생성과 소멸을 자신의 손으로 직접 다루어 내는 만다라 작업. 이 응축된 의식 속에서 구도자들은 만물의 본질과 근원을 온몸으로 체득하게 되는 것이다.

「하우스 오브 카드」의 프랭크는 승려들이 모래 만다라를 완성하는 것도, 그것을 다시 허무는 장면도 보지 못한다. 그는 만다라와 승려들이 연기처럼 순식간에 사라져버린 사실에 적잖이 당황한다. 그러나 다행히 해체 의식이 시작되기 전 누군가가 사진을 찍어놓은 게 있었다. 프랭크는 그 '사진'을 세련된 액자에 담아 클레어에게 선물한다. 함께 전달한 메모에는 이렇게 적혀 있었다.

"*Nothing is forever. Except us.*"

어떤 것도 영원한 건 없어. 우리를 제외하고.

하지만 영원할 것이라 믿었던 둘의 관계도, 세상을 한 손에 넣고 흔들던 막강한 권력도 흔들리기 시작한다. 정상을 향해 질주하는 것만이 유일한 목표였던 프랭크의 삶에 모래 만다라가 등장한 것은 그래서 함축적이다. 이룬 것을 허물고 가진 것을 내려놓을 줄 아는 용기. 이것만이 인간이 다다를 수 있는 가장 위대한 경지라는 걸, 감독은 긴 설명 없이 오로지 그림 하나로 이야기하고 있었다.

최고 권력을 얻기 위해 사람의 목숨조차 아무렇지도 않게 빼앗았던 프랭크는 결국 그토록 원하던 미국 대통령의 자리에 오른다. 그러나 나는 그가 대통령이 된 후 더 이상 드라마를 챙겨보지 않았다. 절정에 다다른 프랭크에겐 이제 서서히 무너질 일만이 남았다는 것을 예감했기 때문이다. 세상의 가장 높은 곳에서 이제 곧 추락을 시작할 자의 고통을 지켜보는 것이, 나는 두려웠다.

모래에서 온 것을 다시 모래로 돌려보내는 과정, 그 안에 모래 만다라의 예술적 정신이 모두 담겨 있다. 이를 깨닫지 못하고 찰나의 결과물을 어떻게든 간직하려 했던 프랭크. 드라마의 제목이 말해 주듯 그가 평생을 바쳐 얻고자 몸부림쳤던 것들은 카드로 지어진 집처럼 언젠가는 무너지고 사그라질 것이었다. 절대 권력도, 그라는 존재도 입김 한 번에 속절없이 날아가 버리는, 한없이 가벼운 카드 한 장인 것을….

붓질 몇 번에 덧없이 사라져 가는 만다라를 바라보며 나도 모르게 프랭크가 클레어에게 보낸 메모를 고쳐 쓴다.

"*Nothing is forever. Including us.*"

어떤 것도 영원한 건 없어. 우리를 포함해서.

Rubin Museum of Art

루빈 박물관

만다라는 불교 역사 속에서 다양한 방식으로 만들어졌습니다. 티베트 불교 회화 탕카Thangka에도 만다라가 많이 등장합니다. 탕카는 사원에 걸어두는 탱화幀畵를 말합니다.

만다라 탱화를 직접 볼 수 있는 곳이 바로 뉴욕 첼시Chelsea에 위치한 루빈 박물관이예요. 2004년 개관한 루빈 박물관은 불교 예술을 전문적으로 다룹니다.

「헤바즈라 만다라*Hevajra Mandala*」

모래 만다라는 해체 의식을 거쳐 소멸합니다.
화려한 색깔의 모래 가루들은 강물 속으로 흩어져 버리죠.
때문에 모래 만다라는 미술관에 전시될 수 없습니다.
모래 만다라를 액자에 넣어 어딘가에 전시한다면
이미 그것의 의미가 퇴색되어버렸다고 봐야 합니다.

「바즈라발리 원형 속의 네 만다라*Four Mandalas of the Vajravali Cycle*」
1429-1456.

만다라는 앞서 보았듯
'본질을 얻는다.'라는 의미와 함께 또 다른 뜻도 갖고 있는데요.
산스크리트어로 원圓, circle을 가리키기도 한답니다.
그렇기에 만다라는 완벽한 대칭구도의 원형으로 제작됩니다.
만물의 윤회를 상징하기에 더없이 적합한 형태네요.

이런 사실을 알고 나니,
제 마음은 어떤 만다라보다도 모래 만다라에 더욱 이끌립니다.
내포하고 있는 의미와 외연의 형태가 이처럼 일치하는 예술이 있을까요.
세상에 아무런 미련도 남기지 않고 덧없이 사라져버리는 무언가가
이토록 아름다울 수 있다니요.

9

아름다워야 할 의무

수잔 발라동 「자화상」
Suzanne Valadon, 1865-1938

거리에서 화가가 초상화를 그리고 있다.

그 옆엔, 지나는 이들의 관심을 끌기 위해 연예인의 얼굴도 여러 장 걸어 놓았다. 사진을 그대로 붙여놓은 거 아닐까 싶을 만큼 똑같이 그린 그림들도 간혹 보인다. 지나는 사람들의 호기심 어린 눈빛을 고스란히 받으며 캔버스 앞에 앉은 손님은 연신 입꼬리를 올리고 눈을 깜박인다. 어느새 화가와 모델을 둥글게 둘러싼 행인들이 소곤거리기 시작한다.

얼마나 똑같이 그려낼까?

누구나 아름답고 싶다. 특히 남들 눈에 더 아름다워 보이고 싶어 한다. 만일 내가 자화상을 그린다면 무의식적으로 단점은 열심히 감추고 장점은 눈에 띄게 윤색할 것이다. 휴대폰으로 찍은 사진을 이런저런 보정을 거친 뒤 진짜 내 모습인 양 SNS 프로필에 올리는 것처럼. 현실의 자신과는 무척이나 다른 그 모습을 보며 많은 이들이 행복해하니, 뭐 그러면 된 거 아닌가 싶기도 하다. 그런데 여기 독특한 여자가 있다.

19세기 말, 프랑스의 화가 수잔 발라동.

그녀는 자신의 모습을 실물보다 더 못생기게 그렸다.

처음부터 수잔 발라동이 화가였던 건 아니다.

값싼 스튜디오와 아름다운 경치를 찾아 모여든 예술가들로 북적였던 몽마르트 언덕La Butte Montmartre. 그곳에서 발라동은 화가들에게 선택되길 기다리며 자신을 전시하던 수많은 모델 중 한 명이었다. 끼를 타고난 발라동은 모델 일을 시작하고 얼마 지나지 않아 유명 화가들의 뮤즈가 된다. 퓌비 드 샤반느Pierr puvis de Chavanes, 오귀스트 르누아르Pierre Auguste Renoir의 뮤즈이자 연인이었고 자신보다 23세나 어린 음악가 에릭 사티Éric Alfred Leslie Satie와 사랑에 빠지기도 했다. 특히 르누아르는 발라동의 아름다운 외모에 찬사를 아끼지 않았다.

르누아르 그림 속 발라동은 흰 피부와 풍만한 몸매를 가진 청순한 여인이다. 촉촉하고 커다란 갈색 눈동자, 복숭아 빛 볼, 하얗고 부드러운 목선과 어깨. 곁을 지나는 누구라도 한 번쯤 뒤돌아볼 만한 미인이다. 르누아르의 유명한 그림 「부지발의 무도회」에서 수줍은 미소를 지으며 춤추고 있는 여인 역시, 발라동이다.

그녀의 본명은 마리 클레망틴 발라동Marie-Clementine Valadon. 사생아로 태어나 지독한 가난에 시달리던 발라동은 어릴 때부터 생계를 해결하기 위해 뛰어다녀야 했다. 열다섯도 안 된 소녀가 웨이트리스, 곡예사, 가정부 등의 직업을 전전했으니 그 고생길이 눈에 선하다. 곡예를 하던 중 부상을 입고 더 이상 일을 할 수 없게 되자 발라동이 선택한 일이 바로 모델이었다. 아름다움을 타고난 발라동에게 모델은 천직이었을지 모른다. 수많은 화가들이 그녀에게 반했고, 덕분에 그녀를 모델로 한 많은 그림들이 탄생했다.

모델로 승승장구했지만 발라동은 화가가 되고 싶었다. 자신을 뚫어지게 관찰하는 자들, 그 위치에 서고 싶었다. 유명 작가들이 작업하는 모습을 어깨너머로 지켜본 게 전부였지만 젊디젊은 발라동은 자신감에 차 있었다. 화

/
르누아르
「발라동*Valadon*」
1885.

르누아르
「부지발의 무도회*Dance at Bougival*」
1883.

가로 데뷔하며 사용한 예명이 바로 '수잔.' 그녀와 사랑에 빠졌던 화가 중 한 명인 툴루즈 로트렉Henri de Toulouse-Lautrec이 지어준 이름이었다. 로트렉은 발라동에게 재능이 있다는 사실을 알아차리고 그녀를 지지해준 사람이기도 했다. 발라동과 로트렉은 결국 헤어졌지만, 발라동은 그가 지어준 수잔이라는 이름을 끝까지 버리지 않았다.

모델 '마리 클레망틴 발라동'에서 화가 '수잔 발라동'으로 자신의 운명을 바꾼 여자. 모델이었을 때의 발라동은 남성 화가들 앞에 옷을 벗고 서서 일방적인 시선을 받아야 했다. 지시에 따라 포즈를 잡고 작업이 끝날 때까지 꼼짝도 않고 서 있는, 아름다운 여자. 모델 발라동에게 그 어떤 작가도 생각이나 의견 따위를 묻지 않았다.

그 자리를 박차고 나왔을 때,
그녀는 비로소 '시선을 던지는 자'가 되었으며
마음껏 관찰하고, 내 뜻대로 창조하는 자가 될 수 있었다.

이 경험을 통해 발라동은 시선을 소유한다는 것이 곧 대상을 판단하고 재단할 수 있는 권력이란 걸 깨달았다. 모델에서 화가로 자리를 바꾼 발라동은 그 권력을 전복하기로 마음먹는다. 화가가 그림의 대상으로서 인물을 다뤄내는 방식 즉, 남성이 아름다운 여성 모델을 고용해 이상적이고 고전적인

툴루즈 로트렉
「숙취*The Hangover*」
1888.

외모를 가진 '여신'으로 그려내는, 그 고루하고 가부장적이며 때론 억압적이기까지 한 방식을, 발라동은 완전히 무너뜨려 버린 것이다. 기존의 것이 해체된 자리에 발라동은 자신의 삶 주변에서 만날 수 있는 여성, 정돈된 배경과 잘 짜인 구도 앞에서 그려지길 기다리는 여성이 아닌, 자신들의 손과 발을 움직여 하루하루를 헤쳐 나가는 여성들의 진솔한 몸을 그려 넣었다. 그녀의 생각엔, 그것이 진짜였다.

발라동은 스스로의 모습 또한 같은 방법으로 그려냈다. 발라동이 그린 자화상은 르누아르가 그린 그림 속 여인과는 달라도 너무 다르다. 각진 얼굴, 내려간 입꼬리, 움푹 파인 두 눈, 처진 눈매, 건조한 피부와 푸석푸석한 머릿결. 굵은 목은 주름이 졌고 풍만했던 가슴은 옷 속에 감춰줘 굴곡조차 보이지 않는다. 만나는 화가들마다 사랑에 빠질 정도로 매력적인 외모를 지녔던 발라동. 그러나 스스로의 시선을 통해 발견된 발라동은 결코 아름답지 않다. 그 차이를 모두 그녀의 젊음을 앗아간 세월 탓으로 돌리는 것은 너무 손쉽고 순진한 발상이다.

모델로 활동하던 시절 내내 발라동은 아름다워야만 했다. 남성 화가들에게 돈을 받고 팔 수 있는 것은 젊음과 아름다움뿐이었다. 오직 그것만을 원하는 남성 예술가들 앞에 그녀는 누드모델이 되어 주기도 했다. 실제 발라동이 모델 시절 찍은 누드 사진을 보면 자신을 바라보는 남성 화가 혹은 사

수잔 발라동
「자화상*Self-Portrait*」
1927.

진가 앞에서 기꺼이 시선의 대상을 자처하는 듯한 포즈와 눈빛을 발견할 수 있다.

남성 작가들의 시선 앞에 선 발라동은 때론 부끄러움에 눈길을 피하는 소녀였다가, 때론 한 남자의 품에 안겨 웃음을 흘리는 여인이었으며, 때론 치명적인 매력을 발산하는 팜므 파탈의 전형이었다. 누군가의 뮤즈로서 연기해야 했던, 본래의 자신이 아닌 것들. 마침내 화가가 되었을 때, 발라동은 그 모든 가짜들을 던져버리고 그동안 남자들에 의해 지워지고 감춰졌던 자신의 진짜 모습을 찾아내 그림으로 옮겼다. 담배를 입에 문 채 파자마 상태로 침대에 누운 여인, 그녀의 그림 속엔 더없이 진솔한 태도로 삶을 대하는 한 여성이 있을 뿐이다.

그녀의 그림은 억압에서 벗어난 이의 속 시원한 고발이자 일종의 반란이다. '여성의 벗은 몸을 주제로 폭넓게 작업한 최초의 여성 미술가'이자 '여성 화가로서 최초로 남녀 누드를 그린 인물.' 이 수식어는 발라동이 모든 규범과 전통을 얼마나 신나게 깨부수었는지 단적으로 보여준다. 그러나 그녀의 그림 「아담과 이브」가 논란의 중심에 놓였던 이유는 여성 화가가 최초로 시도한 남녀누드화란 것 말고도 또 있다. 그림 속 아담의 실제 모델은 프랑스 화가인 앙드레 우터André Utter. 우터는 발라동의 아들 모리스 위트릴로Maurice Utrillo와 절친한 친구였다. 그리고 발라동과 우터는 연인 사이였다.

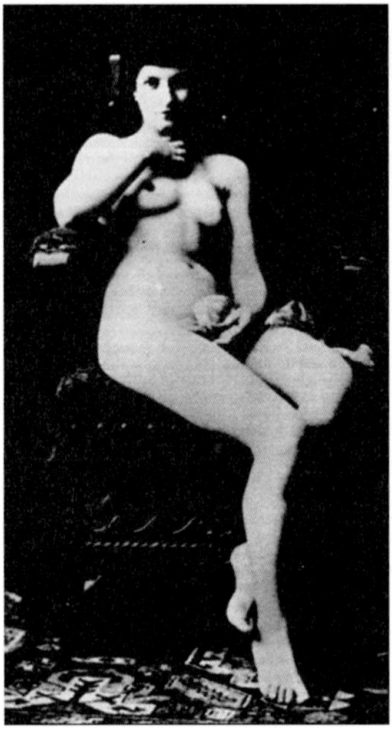

수잔 발라동이 모델 시절 찍은 것으로 알려진 누드 사진.

/
수잔 발라동
「푸른 방*The Blue Room*」
1923.

수잔 발라동
「아담과 이브*Adam and Eve*」
1909.

발라동은 그림뿐 아니라 실제 삶에서도 금기와 경계를 넘나들었다.

발라동은 재능 있는 예술가였으며 동시에 겁 없는 도전자였다. 그런 그녀의 그림들을 보며 나는 스스로에게 묻는다. 무엇이 진짜 내 모습인가. 예쁘게 나온 사진 한 장을 건지기 위해 수십 번 셔터를 눌러대는 이들. 일상의 소소한 것들까지 꾸며대고 전시하는 SNS 공간. 많은 것들이 오로지 이미지로만 소비되는 세상과 자신이 어떤 존재인지도 모른 채 끊임없이 다른 누군가를 연기하듯 살아가는 사람들. 실제의 나보다 더 나은 나로 기억되고 싶은 욕망 앞에 우리는 너무 쉽게, 무릎을 꿇었다.

발라동의 자화상은 아름답지 않다. 그러나 분명 그 속엔 우리에게는 익숙하지 않은, 여러 층위의 아름다움이 존재한다. 더불어 그 안에는 세상에 의해 강요받았던 '아름다워야 할 의무'를 기꺼이 던져버린 자의 눈부신 자유 또한 담겨 있다.

있는 그대로의 내가 지닌 아름다움.
이것을 발견해 내는 일은
외부에서 시선을 던지는 관찰자가 아닌,
오로지 우리 스스로의 몫이다.

수잔 발라동이 1927년에 그린 「자화상」은
현재 누가 소장하고 있는지 알 수 없는 상황이랍니다.
아마 발라동의 손을 떠난 그림이
누군가를 거쳐 분실된 것이겠지요.
안타깝지만 이미지라도 볼 수 있는 게
한편으론 다행이란 생각이 듭니다.

재능과 매력을 아낌없이 발휘했던 발라동은 많은 재산을 모았고,
나중엔 오베르뉴 론 알프스Auvergne Rhône-Alpes라는 곳에 위치한
생 베르나르 성을 구입하기도 했습니다.

수잔 발라동

「생 베르나르 성의 탑*The Tower of Chateau de Saint-Bernard*」

1924.

남성화가의 뮤즈로서가 아니라 스스로의 힘으로
당당히 이 아름다운 성에 발을 디딘 발라동.
성의 분위기 또한
있는 그대로의 모습을 용기 있게 세상에 드러낸 발라동에게
무척이나 잘 어울리는, 위풍당당한 모습이네요.

10

불타는 초록빛 희망

반 고흐 「사이프러스 나무와 두 여인」
Vincent Van Gogh, 1853-1890

주기적으로 우울함이 찾아온다.

더 정확히 말하자면 우울함과 무기력이다. 평소엔 긍정적으로 대하던 세상도 마냥 부질없어 보인다. 돌아보면 한 건 없고 시간만 흘렀다. 목표를 향해 나아가고 있는 건지, 이 길이 정말 올바른 방향인 건지, 지독한 회의론자의 의심은 끝이 없다. 매달 마지막 주쯤 찾아오는 이 우울함과 무기력을, 나는 홀로 마주해야만 한다.

별다른 방법이 없다.

자극적인 것들에 도전도 하고 일부러 재미있는 것들을 찾아보기도 하지만, 한 번 들러붙은 그 검은 기운은 쉬이 떨어지지 않는다. 그냥 내버려두어야 한다는 걸, 시간이 지나면 언제 그랬냐는 듯 사라져 버릴 거라는 걸, 없애버리려고 발버둥 쳐봤자 소용없다는 걸. 나는 오늘도 인생의 소박한 지혜를 천천히 곱씹는다. 그냥 평소처럼 행동하기. 마음속 동굴에서 '다 싫다!'는 목소리가 메아리쳐도 지금껏 해왔던 것들을 묵묵히, 때로는 억지를 부리듯 해 나가는 것이 중요하다. 그러는 사이 나를 덮었던 무기력함은 서서히 옅어지다 이내 내게서 완전히 떠나갈 것이다. 마치 구름이 걷히며 파란 하늘이 조금씩 넓어져 가듯.

열심히 노력하다가 갑자기 나태해지고,

잘 참다가 조급해지고,

희망에 부풀었다가 절망에 빠지는 일을 반복하고 있다.

내 이야기가 아니다. 반 고흐가 동생 테오Theo van Gogh에게 보낸 편지 중 한 대목이다. 고흐의 비극적인 삶은 우리에게 너무도 익숙하다. 살아생전 그가 팔았던 그림은 1888년 그렸던 「붉은 포도밭」 딱 한 점뿐이었다. 평생 동생에

반 고흐
「붉은 포도밭*La vigne rouge*」
1888.

게 경제적 지원을 받으며 궁핍한 생활을 해야 했던 비운의 화가. 그런 고흐에게 우울함과 무기력은 한 달에도 수차례씩 찾아오는 달갑지 않은 손님이었다.

그럼에도 고흐는 고달픈 생애 앞에 무릎 꿇지 않기 위해 끊임없이 스스로를 다독였다. 어제를 살았던 것처럼 오늘도 그렇게 살아나가야 한다는 것을, 그 방법밖에는 뾰족한 수가 없다는 것을. 한 인간의 고통 따위에는 철저히 무관심한 세상 앞에서 고흐 또한 이 단순한 삶의 법칙을 통렬히 깨달았을 것이다. 편지에는 그런 의연함이 고스란히 녹아 있다.

그래도 계속 싸워나가야 해.
때가 되면 수채화를 더 잘 이해할 수 있겠지.
그게 쉬운 일이었다면, 그 속에서 아무런 즐거움도 얻을 수 없었을 테니까.
그러니 계속해서 그림을 그려야겠다.

고흐의 편지 1882년 1월 7일-8일.

고흐는 1853년 3월 30일, 네덜란드 그로트 쥔더르트Zundert에서 태어났다. 동물과 꽃을 좋아했던 장난꾸러기 소년은 한 가지에 깊이 몰두하며 끈기 있게 노력할 줄 아는 아이였다. 이런 성실함은 가톨릭이 주류였던 네덜란드 남부지역에서 개신교 목사로 꿋꿋하게 활동한 아버지에게 물려받은 것이리

라. 고흐는 마을 교구 목사관에서 네 살 터울의 남동생 테오와 함께 보낸 어린 시절을 아름답게 회상한다. “밀밭과 벌판과 소나무 숲에 둘러싸여 보낸 그 시절.”

그러나 아름다운 숲에서의 한 때는 눈 깜짝할 새 지나가 버리고 우리네 인생의 대부분은 거친 덤불 속에서 벌이는 세상과의 한 판 싸움으로 채워진다. 고통, 가난, 외로움과 같은 불길한 것들이 곳곳에 복병처럼 숨어 있는, 쉽사리 승부를 예측할 수 없는 싸움. 고흐를 떠올릴 때면 흔히 뒤따라오는 우울과 광기의 이미지는 그가 이 싸움에서 줄곧 패자였음을 짐작케 한다.

어려운 가정 형편 때문에 학교를 그만두어야 했던 고흐는 16세에 한 화랑의 수습 직원으로 들어간다. 꽤 오랜 시간 노력했으나 결국 이 일이 자신과 맞지 않다는 것을 깨달은 그는 23세가 되던 해 화랑을 그만두고 신학 공부에 매달린다. 만일 이 노력이 성공하여 고흐가 번듯한 목회자가 되었다면 우리에게 지금의 ‘반 고흐’는 없을 것이다. 하지만 고흐는 또 다시 실패했고, 1880년 화가가 되기 위해 벨기에 브뤼셀Brussel로 떠난다.

앞날을 알 수 없는 20대 청년의 고뇌. 무엇을 하며 살아야 하는가, 진정 내가 잘할 수 있는 일은 무엇인가. 들끓는 청춘 안에는 많은 것들이 뿌리를 내리지 못한 채 떠다닌다.

희망과 절망이 뒤섞이고 많은 도전들이 실패로 귀결되며

그럼에도 여전히 살아내야 하는 숱한 나날들이 숨통을 죄어온다.

청춘이 가진 꿈과 가능성은 그래서 위태롭다.

그림을 그리는 일.

마침내 마음을 정한 고흐는 그 길에 자신의 모든 걸 바친다. 하나의 길에 자신이 가진 전부를 거는, 위험한 승부를 시작한 것이다. 고흐가 그림 하나에만 열정적으로 매달릴 수 있었던 데에는 동생 테오의 도움이 절대적이었다. 테오의 경제적 지원과 정신적 지지를 바탕으로 고흐는 흐트러짐 없이 자신의 길을 갔다. 전시회를 조직하기도 하고, 당대 이름 높았던 화가 고갱Paul Gauguin, 툴루즈 로트렉Henri de Toulouse-Lautrec, 쇠라Georges-Pierre Seurat 등과 교류하며 자신의 화풍을 확립해 나가는 데 혼신의 힘을 기울였다.

고흐에게는 '예술가 공동체'를 만들고자 하는 원대한 꿈이 있었다. 예술가들이 공동체를 이루어 그림 전시와 판매로 얻는 수익을 공평하게 나누며 함께 살아가는 세상. 1888년 파리를 떠나 프랑스 남부의 아를Arles에 정착한 고흐는 그 꿈을 실현시키기 위해 '노란 집Het gele huis'이라 이름 붙인 공동체 화실을 꾸리기도 했다.

그해 9월, 고흐는 '노란 집'을 그림으로 남겼다. 짙은 녹색 덧문이 노란색 외벽과 잘 어울리는, 소박하지만 아늑해 보이는 집 한 채. 그 공간에 대한

반 고흐
「노란 집*Het gele huis*」
1888.

고흐의 애정이 그림 속에 고스란히 묻어난다. 한 때 이 집에 고갱과 함께 머물기도 했으나 두 사내는 애초부터 함께 살 수 없는 사람들이었다. 고갱과의 다툼 때문에 고흐가 자기 귀를 자른 사건은 유명하다. 높은 이상과 강한 의지. 그러나 이것들도 엇나가기만 하는 그의 삶을 제대로 붙잡아주진 못했다. 공동체를 꿈꾸며 단장했던 그 노란 집에 고흐는, 홀로 남겨졌다.

판도라의 상자가 열렸을 때 '희망'만은 끝내 세상 밖으로 나오지 못했다 했던가. 낙담과 좌절의 구덩이 속에 갇힌 고흐의 눈앞에 희망은 여전히 손만 뻗으면 잡힐 듯 어른거렸다. 그의 그림 속 노랗게 불타는 해바라기는 생에 대한 그의 애착이 아직 사라지지 않았음을 말해준다. 끊임없이 해를 좇아 온몸을 비틀어대는 해바라기는, 자신의 어두운 생애를 환히 밝혀줄 단 하나의 해를 찾아 평생을 몸부림쳤던 한 남자의 얼굴을 닮았다.

1889년 이후 고흐는 사이프러스 나무에서 또 하나의 희망을 발견한다. 테오에게 보내는 편지에는 그런 그의 심경이 잘 드러나 있다.

"사이프러스는 이집트의 뾰족탑처럼 균형 잡힌 아름다운 나무야."

하늘을 향해 힘차게 치솟아 오른 사이프러스는 그에게 강한 생명력과 희망의 또 다른 이름이 되었다. 맹렬한 기세로 하늘을 찌르는 사이프러스 나

반 고흐
「해바라기*Sunflowers*」
1888.

/
반 고흐
「사이프러스 나무와 두 여인*Cypresses and Two Women*」
1890.

무. 그 아래 다정히 산책 하고 있는 두 여인. 배경을 가득 채운 넓은 하늘과 나지막한 산, 붉은 꽃들과 샛노란 들판. 그리고 그 풍경 가운데 자리한 아늑한 집 한 채. 「사이프러스 나무와 두 여인」은 고흐의 다른 어떤 그림보다 밝고 다정하다. 그토록 원했으나 한 번도 가져보지 못 했던 삶을 붓 하나에 의지해 자신의 눈앞에 펼쳐내던 순간. 고흐에게 그 작업은 세상 그 어느 곳에서도 얻지 못했던 위로와 안식을 찾아가는 여정이었는지도 모른다.

삶은 이런 식으로 지나가버리고 흘러간 시간은 되돌아오지 않는다.
일할 수 있는 기회도 한번 가면 되돌아오지 않는다는 것을 알기 때문에
맹렬히 작업하고 있다.

1889년 9월 7일, 고흐가 쓴 일기의 한 대목이다. 이 시기 고흐는 넓은 들판에 우뚝 선 초록빛깔의 사이프러스 나무를 그리며 자기를 짓누르는 부정적인 마음과 맹렬히 싸우고 있었다. 하지만 일기를 쓴 지 채 일 년이 되지 않은 1890년 7월 27일, 고흐는 들판으로 나가 자신의 가슴에 총을 쏘았고 이틀 후 사망했다. 고흐의 죽음을 진정으로 슬퍼한 이는 동생 테오뿐이었다. 형이 죽은 지 6개월 만에 동생도 세상을 떠났다. 두 형제의 시신은 나란히 묻혔다.

고흐가 테오에게 남긴 편지는 600여 통에 이른다. 고흐는 스무 살부터 죽

을 때까지 동생에게 편지를 썼다. 자신의 내면에 흐르는 여러 생각과 감정을 있는 그대로 내보일 수 있는 사람은 오직 동생뿐이었다. 그의 편지는 인생의 가시덤불을 헤쳐 나가는 자가 내지르는 비명과 통곡으로 빼곡히 채워져 있다.

불모지에서 연둣빛 새싹이 돋아나길 바랐지만,

고흐에게 주어진 삶은 가혹한 것이었다.

Kröller-Müller Museum

크뢸러 뮐러 미술관

「사이프러스 나무와 두 여인」은 크뢸러 뮐러 미술관에 소장되어 있습니다. 네덜란드 오테를로Otterlo라는 마을에 위치한, 이름조차 생소한 이 미술관은 데호헤 벨루에De Hoge Veluwe 국립공원 내에 있답니다.
크뢸러 뮐러라는 인물의 개인 컬렉션을 바탕으로 1938년에 개관했습니다. 소장품은 800여점에 이르며 그 중 고흐의 그림이 100점 가까이 된다고 합니다.

고흐의 가슴 속에 회오리치던 희망이 키워낸 초록빛 사이프러스 나무.
언젠가 크뢸러 뮐러 미술관에 간다면 온몸 가득히 그 생생한 기운을 채워보고 싶습니다.

반 고흐
「밤의 카페 테라스*Terrasse du café le soir*」
1888.

크뢸러 묄러 미술관에서는 고흐의 또 다른 명작,
「밤의 카페 테라스」도 만나 볼 수 있다고 해요.
고흐가 그린 밤하늘은 결코 검거나 어둡지 않아요.
고흐의 밤은 언제나 반짝이는 별들과 함께
푸르게 빛나고 있답니다.

이불 속으로 들어가
내 작은 몸을 둥글게 말았다

11

당신이 나를 보든 말든

메리 카셋 「오페라 극장에서」
Mary Cassatt, 1844-1926

친구를 오랜만에 만났다.

작년 겨울, 따뜻한 정종을 함께 마신 이후 거의 반년 만이었다. 신경을 빼앗는 일들은 꾸준히 리필되었고 그 핑계로 연락조차 잘 주고받지 못했다. 우리네 삶은 다 비슷한 얼굴을 하고 있는 까닭에 서로에게 서운한 마음은 조금도 없었다.

네이비 색상의 울 코트와 아이보리색의 머플러로 중무장했던 반년 전 친구의 모습은 어느새 옅은 라벤더 빛깔의 린넨 원피스로 바뀌어 있었다. 그늘만 찾아 바삐 걷던 우린 도망치듯 시원한 카페로 들어섰다.

가벼운 유리 재질의 테이블. 각진 얼음이 동동 떠 있는 카페라테 두 잔과 쫀득한 무화과 브라우니를 앞에 두고 수많은 이야기가 오간다. 서로 보지 못하는 동안 우리는 나이를 한 살 더 먹었고, 세상에 대한 불만이 조금 더 다채로워졌으며, 웬만한 것들은 금세 잊어버릴 수 있는 쿨함까지 장착한 상태였다. 한참을 이어진 수다는 다음과 같은 결론에 도달했다.

이제부터라도
남의 시선 따윈 신경 쓰지 말고 살자.

남들이 나를 어떻게 생각할까 겁이 나서 포기한 수많은 것들. 그 하나하나를 되새기다 결국 친구와 나는 이런 선언을 한 것이다. 이 나이에, 여자가, 지금 이 상황에서 등등 그토록 다양한 한계선들은 대체 누가 그어놓은 것인가? 쓰나미처럼 밀려오는 억울함 앞에서 우린 누군가에게 그 책임을 전가하고 싶었다. 그러나 씁쓸한 진실 하나, 누가 만들었던 그 한계를 받아들이고 내면화한 것은 결국 나 자신이라는 것. 이젠 그런 쓸모없는 제재 따윈 가볍게 무시하며 살자.

연노랑 바탕에 빨간 무늬가 새겨진 부채를 손에 쥔 한 여인이 조그만 망원경으로 무언가를 골똘히 쳐다보고 있다.

극장 안은 웅성거리는 소리, 떠들썩한 웃음, 서로를 알아보고 나누는 가벼운 인사, 곧 시작될 무대에 대한 기대감으로 가득하다. 이 온갖 열기에도 아랑곳 않는 여인은 망원경을 쥔 오른손 손목에 푸른 핏줄이 불거져 보일만큼 무언가에 집중하고 있다. 앙다문 입술, 부드러운 콧날, 붉은 기가 도는 머리칼. 동그란 귓불에 은은히 빛나는 하얀 귀걸이는 블랙으로 통일한 의상에 섬세한 포인트를 주고 있다. 그림을 마주하는 순간, 우리는 어쩔 수 없이 이 아름다운 여인에게 시선을 빼앗기고 만다.

하지만 조금만 고개를 돌려보라.

이 그림 속에는 무언가에 집중하고 있는 '또 다른 시선'이 존재한다. 그림 왼쪽 상단의 남자 또한 행여 놓칠세라 대상에서 시선을 떼지 않고 있다. 발코니 밖으로 반쯤 튀어나와 있는 자세는 아슬아슬할 정도다. 난간에 팔을 걸친 채 망원경을 꽉 쥐고 있는 그는 대체 무엇을 보고 있는 것일까?

남자의 시선은 우리를 한눈에 사로잡았던 바로 그 여인에게 가 있다. 남자는, 곁에 앉은 여자의 기분 따윈 전혀 배려하지 않은 채 대놓고 검은 옷의 여인을 향해 몸을 틀고 앉았다. 그의 시선은 그래서 노골적이다. 그러나 정작 여인은 그런 시선 따윈 조금도 신경 쓰지 않는다. 저 정도로 자신을 뚫어

/
메리 카셋
「오페라 극장에서*In the Loge*」
1879.

져라 쳐다보는 남자가 있다면 낌새를 챌 만도 한데. 아는지 모르는지 여인은 조그만 망원경 너머의 대상에서 눈을 떼지 않는다. 누가 자신을 쳐다보든 말든 상관 않는 그녀의 단호한 태도에선 일말의 도도함마저 느껴진다. 그래서일까. 여성주의 미술사학자 그리젤다 폴록Griselda Pollock은 이 검은 옷의 여인이, 남성의 일방적인 시선의 대상이 되지 않는 주체성을 보여준다고 지적하기도 했다.

그림의 제목은 「오페라 극장에서」.

19세기 프랑스에서 활동했던 인상주의 화가 메리 카셋의 작품이다. 미국의 부유한 은행가 집안에서 태어난 그녀는 화가를 꿈꿨다. 그러나 여성에 대한 차별이 여전하던 19세기, 인정받는 화가가 되고 싶었던 카셋의 꿈은 이루기 힘든 것이었다. 그럼에도 그녀는 사회가 만들어 놓은 금지선 앞에서 한 발 더 내딛기로 결심한다. 본격적으로 그림을 그리기 위해 그녀는 고향인 미국을 떠나 프랑스 파리로 향한다. 하지만 모든 예술가가 부푼 희망을 안고 구름같이 모여드는 파리에도 '여성 예술가'가 설 자리는 없었다. 당시 여성들은 자유분방한 예술의 도시 파리에서조차 홀로 거리를 걷거나 카페 테라스에서의 여유를 즐길 수 없었던 것이다. 이런 시대적 한계를 생각하면, 그녀가 프랑스 유일의 공인 미술교육기관인 에콜 데 보자르École des Beaux-Arts에 입학할 수 없었던 건 어쩌면 너무도 당연한 일이었다.

/
에드가 드가
「루브르의 메리 카셋*Mary Cassatt at the Louvre*」
1880.

파리까지 왔으나 여성의 삶을 둘러싼 현실은 크게 다르지 않은 상황. 그러나 실망도 잠시, 카셋은 고집스럽게 자신의 길을 향해 걸어갔다. 정식 미술학교에 다닐 수 없었던 그녀는 배움이 학교에서만 이뤄진다는 편견조차 뛰어넘어야 했다. 그런 그녀가 선택한 최고의 학교는 루브르 미술관. 그곳에서 거장들의 작품을 모사하며 기초를 닦은 그녀는 결코 포기하지 않고 자신만의 화풍을 완성해 나갔다. 무소의 뿔처럼 혼자 걷던 그녀에게 동료가 생긴 것은 천운이 아니었을까. 화가 에드가 드가Edgar De Gas의 소개로 인상파 그룹의 화가들을 만나게 된 카셋은 이를 계기로 인상파 전시에 참여한 유일한 미국인 여성 화가가 된다. 평생 여자를 멀리했던 드가였지만 카셋을 대하는 태도는 어딘가 달랐다. 드가는 루브르 미술관을 거니는 카셋의 모습을 그림으로 여러 장 남겼다. 몸을 곧게 펴고 그림을 바라보는 카셋의 뒷모습이 당당해 보인다. 드가는 결코 평범하지 않은 그녀의 재능과 남다른 에너지를 존중했다.

그러나 자연의 빛을 중시하며 시시각각 변화하는 색채를 담아내고자 했던 인상주의의 목표는 자유롭게 돌아다닐 수 있었던 남성 화가들만의 것이었다. 그림을 그리기 위해 도시의 이곳저곳을 마음껏 활보할 수 없었던 카셋은 주로 집 안에서 일어나는 일상의 풍경들을 화폭에 담았다. 아기를 목욕시키는 장면, 소중하게 아기를 품에 안은 엄마, 조그만 소파에 기대앉은 소녀 등 서정적이고 포근한 그녀의 그림들은 그렇게 탄생했다.

/
메리 카셋
「녹색 배경 앞의 엄마와 아기*Mère et enfant sur fond vert*」
1897.

하지만 이 우울한 시대조차 카셋의 반항적이고 도전적인 기질을 쉽게 꺾진 못했다.

19세기 프랑스 예술계는 선line을 남성적인 예술, 색color을 여성적인 예술로 보는 경향이 있었다. 명확한 드로잉을 보여주는 카셋의 그림은 이런 관점에서, 남성 중심의 예술계가 정해놓은 규칙을 명백히 위반하는 것이었다.

동시대에 활동했던 또 다른 여성 인상주의 화가 베르트 모리조Berthe Morisot의 그림과 비교해 보면 카셋의 화풍이 지니는 의미가 더욱 선명하게 다가온다. 윤곽선 없이 색감만으로 채워진 모리조의 그림에 비해 카셋의 그림엔 비교적 뚜렷한 선을 부여받은 대상들이 있다. 이런 차이를 단순히 화풍과 취향의 문제로 치부할 수도 있다. 그러나 나는 카셋 스스로가 당시의 기준에서 벗어난 그림을 그리고 있다는 걸 분명 자각하고 있었을 거라 생각한다. 드가는 카셋에게 이렇게 말했다.

"어떤 여자도 당신처럼 그릴 수 없을 거야."

「오페라 극장에서」는 이러한 카셋의 담대함을 잘 보여준다는 점에서, 매력적이다. 공적인 공간에서, 자신에게 내리꽂히는 시선 따윈 간단히 무시한 채 자신만의 관심사에 몰두하고 있는 여인. 그러나 이 그림 속엔 이보다 더 도발적인 '가능성' 하나가 숨어 있다. 여인이 쥐고 있는 망원경의 각도에 주

/
베르트 모리조
「유모와 함께 있는 모리조의 딸 줄리*The Artist's Daughter, Julie, with her Nanny*」
1884.

목하라. 그녀는 1층 무대의 공연을 보고 있는 것이 아니다. 지금 그녀가 주시하고 있는 곳은 자신의 자리와 일직선상에 놓여 있는 맞은편 어딘가다. 짐작컨대, 아마도 그곳엔 그녀의 시선을 붙잡는 '누군가'가 있을 것이다.

우리는 화면 밖의 그 인물이 누구인지 결코 알 수 없지만 잠시 불온한 상상에 빠져볼 순 있다. 그녀 또한 자신에게서 눈을 떼지 못하는 저 남자와 마찬가지로 누군가에게 '꽂힌 것' 아닐까. 그 존재는, 그녀의 마음을 단번에 흔들어 놓은 멋진 남성일 수도, 우아한 자태로 객석에 앉은 매력 넘치는 여인일 수도 있다. 근데 대체 이것이 왜 도발적이냐고? 바로 그녀가 입고 있는 옷, 검은 상복 때문이다. 여인은 상중喪中에 오페라 극장에 와서 자신의 욕망이 이끄는 대로 시선을 던지고 있는 것이다. 그녀가 잃은 사람이 남편이라면, 이야기는 더 발칙해진다.

엄마 무릎에 올라앉은 아기, 강아지를 안고 있는 소녀, 부엌 한편에서 차를 마시는 여인들처럼 평범한 가정집의 일상들을 주로 그린, 그래서 매우 여성적인 화풍의 화가로 알려져 있는 메리 카셋. 그러나 「오페라 극장에서」는 그녀에 대해 세상의 평가와는 사뭇 결이 다른 이야기를 들려주고 있다. 메리 카셋은, 남의 시선 따윈 신경 쓰지 않고 자유로이 살았던, 아니 적어도 그런 자신의 욕망에 한없이 관대했던 여인이었다고. 그래서였을까, 카셋은 평생을 독신으로 살다 생을 마감했다. 그런 그녀에게 프랑스는 가장 명예로운 훈장인 레지옹 도뇌르 훈장을 수여한다. 그 해가 1994년, 그녀가 세상을 떠난 지 80년이 지난 후였다.

시대는 늘 한 인간의 위대한 정신을 앞서가지 못한다.

Boston Museum of Fine Arts

보스턴 미술관

메리 카셋의 독특한 시선이 담긴 「오페라 극장에서」는 미국 매사추세츠에 위치한 보스턴 미술관에서 만날 수 있어요. 뉴욕 메트로폴리탄 미술관, 시카고 미술관과 함께 미국의 3대 미술관 중 하나로 손꼽히는 보스턴 미술관은 1876년 개관했습니다. 1876년은 미국이 독립한 지 100주년이 되는 의미 있는 해였죠.

이 곳에서 카셋의 작품을 보셨다면 이 그림 또한 놓치지 마세요.
에드가 드가가 그린 「미술관 방문」입니다.

에드가 드가
「미술관 방문*Visit to a Museum*」
1880.

두 여인이 미술관에 걸린 그림을 진지하게 바라보고 있습니다.
그녀들이 그림을 보며 어떤 생각을 하고 있는지 궁금해집니다.

드가는 「미술관 방문」 속 인물들이 누구인지 밝히지 않았어요.
하지만 왠지 짐작해볼 수 있을 것 같아요.
앞서 보셨던 드가의 「루브르의 메리 카셋」을 기억하시나요?
두 그림은 같은 날 그렸다 해도 믿을 만큼 닮았습니다.
이 그림 역시 보스턴 미술관에 소장되어 있습니다.

드가는 정말 카셋의 뒷모습에 이어 그녀의 앞모습까지 그렸던 걸까요.
정답은 알 수 없고 굳이 알 필요도 없겠지요.

누구보다 주체적이고 당찼던 여인.
카셋의 작품을 본 뒤 문득 그녀의 모습이 궁금해진다면
드가의 그림들을 둘러보는 것도 좋은 방법일 듯합니다.

12

일상은 결코 평범하지 않다

안드레아 구르스키 「99센트」

Andreas Gursky, 1955-

수년 전 여름, 이례적으로 큰 태풍이 한국을 덮쳤다.

무섭게 휘몰아치는 바다를 바라보며 나는 두려움에 떨었다. 큰 건물을 단번에 삼킬 정도로 높은 파도들이 굉음을 내며 끝없이 몰려오고 있었다. 그것은, 내가 익히 알고 있던 바다가 아니었다. 철부지 아이처럼 창문에 두 손과 얼굴을 바짝 붙인 채 홀린 듯 그 광경을 바라보았다.

안드레아 구르스키
「라인 강*Rhein* II」
1999.

푸르다 못해 검은빛이 도는 드넓은 바다, 빨려 들어갈 듯 짙고 깊은 우주, 만년설로 뒤덮인 웅장한 산. 도저히 한눈에 담을 수 없는 이 광활한 풍광들 앞에서 황홀함과 두려움, 슬픔의 감정은 경계를 무너뜨리며 마구 뒤섞인다.

일상 속의 사물들에 익숙해져 있는 현대인들에게 거대한 자연이 내뿜는 거친 숨결들은 낯설고 두려우며 그래서 매혹적이다. 태풍이 불던 날, 나는 거세게 내리치는 빗줄기와 팽팽하게 불어대는 바람에도 불구하고 창문 앞을 떠나지 못했다. 시작과 끝을 가늠할 수 없는, 거대하고 원초적인 것들과의 만남은 늘 내 영혼을 들끓게 한다.

성난 바다와 함께 들끓던 내 영혼의 신열이 모두 가라앉은 후, 나는 새삼 겸손해진 시선으로 세상을 둘러본다. 그러나 이 거칠 것 없는 자연 앞에서 보잘것없고 때로는 비루해 보이기조차 하는 일상의 순간들을 압도적인 풍경으로 탈바꿈시킨 사람이 있다. 바로 독일 출신 사진작가 안드레아 구르스키다.

그는 일상 속 평범한 장면을 사진에 담아 성공 신화를 이룬 인물이다. 그의 작품 「라인강」은 지난 2011년, 한화 약 48억 원에 낙찰되었다. 이 작품은 단순하다. 초록의 잔디 사이로 온통 회색빛인 길과 라인 강, 흐린 하늘이 간격을 두고 놓여 있을 뿐이다. 둘러볼 것도 별로 없는 이 작품은 그러나 우리의 시선을 오래 붙잡는다. 옆으로 나란히 누운 선들에는 위를 지향하는 것들이 으레 지니는 불안과 긴장이 없다. 이 작품을 한참 들여다보고 있으면 날이 선 내 마음도 가로선들을 따라 옆으로 눕는다.

그림은 '단 한번'의 가치가 분명하다. 누군가 미켈란젤로의 그림을 똑같이 복제해낸다 해도 미켈란젤로의 원작이 갖는 가치는 넘어설 수 없다. 그러나 사진은 그림과 다르다. 필름을 인화하는 방식으로 수없이 복제할 수 있다. 그럼에도 불구하고 구르스키의 사진은 어마어마한 값에 팔려나간다. 이유가 뭘까.

구르스키는 높이 2미터, 폭이 5미터에 달하는 대형 인화 방식을 사용한다. 그림 속 장소가 별 볼 일 없는 동네 마트일지라도 마치 위대한 자연인 양 우리 눈앞에 과감히 펼쳐 놓는 것이다. 그 크기에 압도당한 사람들은 걸음을 멈추고 사진 앞에 선다. 익숙한 것들이지만 결코 익숙하지 않은 감각으로 다가오는 거대한 사진. 그 속의 대상들을 멍하니 응시하는 순간, 우리는 구르스키가 실제 마주했던 99센트 쇼핑몰우리나라로 치자면 '천 냥 마트' 같은 속으로 빨려 들어간다.

조잡한 색깔의 과자봉지, 다양한 과일 주스들, 각종 통조림과 세제들이 차곡차곡 쌓여있는 천 냥 마트는 구르스키가 카메라 셔터를 누르는 순간, 전에 없던 웅장한 스케일의 아름다움을 얻었다. 위에서 아래를 조감하는 카

/
안드레아 구르스키
「99센트*99cent*」
1999.

메라 앵글은 마트 내부를 더욱 크고 넓어 보이게 한다. 구르스키의 사진은 거대해짐으로써 아우라Aura를 획득했다.

독일의 라이프치히Leipzig에서 태어나 뒤셀도르프Düsseldorf에서 자란 구르스키는 어릴 때부터 사진에 관심이 많았다. 성공한 상업 사진가였던 아버지와 초상 사진가였던 할아버지까지, 자연스레 사진과 가까워질 수 있는 환경 속에서 성장했기 때문이다. 그가 자신의 스타일을 확고히 정립한 것은 1980년대 초 뒤셀도르프 예술 아카데미Kunstakademie Düsseldorf에서 베허 부부Bernd & Hilla Becher를 만난 뒤였다. 남편과 아내 모두 사진가였던 베허 부부는 뒤셀도르프 예술 아카데미의 교수로 독일 유형학typology, 類型學 사진의 토대를 마련했다. 유형학 사진은 간단히 말해 비슷한 유형의 대상들을 모아놓은 사진을 일컫는다. 비슷하게 생긴 건축물들을 여러 장 찍어 나열한 「급수탑」이 그 예다.

베허 부부의 미학을 수용한 '베허 학파.' 그 일원이 된 구르스키는 피사체에 거리를 둔 채 객관적 시각으로 대상을 포착한다. 그러나 지극히 현실적인 베허 부부의 사진과 달리 구르스키가 포착한 대상들은 어딘지 모르게 비현실적이다. 분명 일상 속에 존재하는 평범한 피사체들인데 이 낯선 감각은 대체 어디서 오는 것일까?

누구나 한 번쯤 멀리서 찍은 풍경 사진을 확대해본 적이 있을 것이다. 전

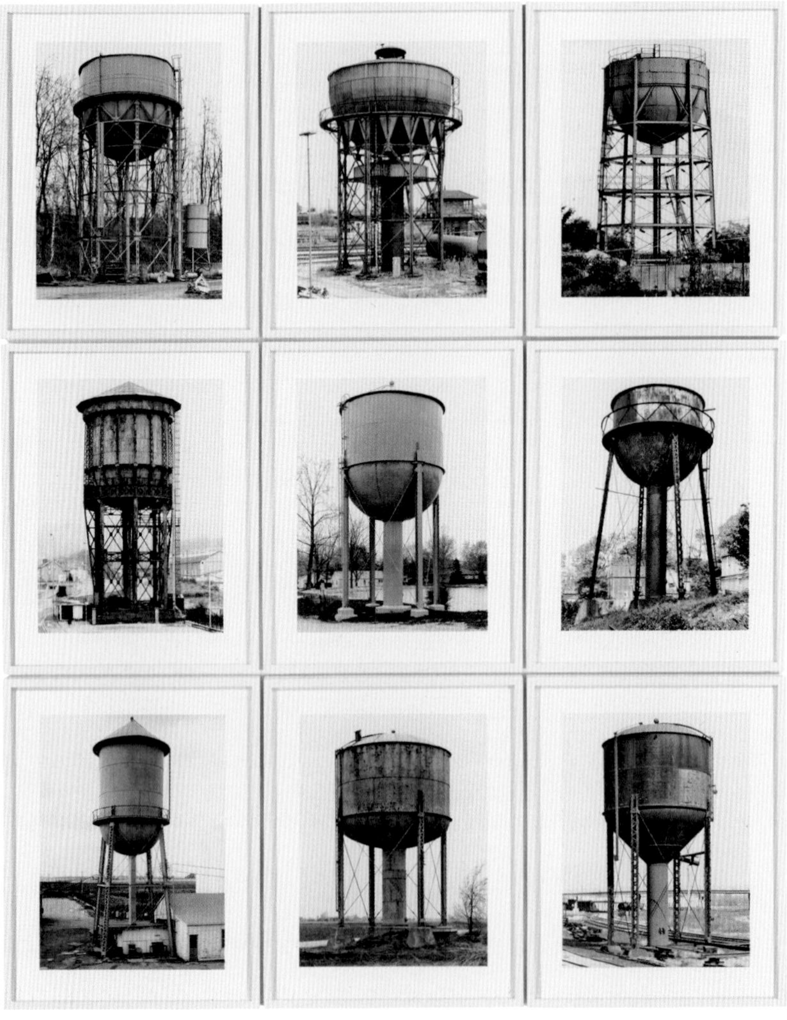

/
베허 부부
「급수탑*Water towers*」
1980.

체 이미지는 선명해 보여도 사진 속 세부적인 요소들은 흐릿해 보이는 경우가 많다. 가까이 있는 것은 선명하게 보이고 멀리 있는 것은 흐릿하게 보이는 것이 과학적 이치이기 때문이다. 하지만 구르스키의 사진을 유심히 들여다보면 이러한 물리 법칙에 전혀 들어맞지 않는다는 것을 알게 된다. 그는 가까운 대상이든 멀리 있는 대상이든 모두 정밀하고 선명하게 보이도록 인위적인 보정 작업을 거쳐 사진을 완성했다.

구르스키가 의도적으로 부여한 비정상적인 선명함은
일상적이고 소소한 대상들도 주목할 만한 가치가 있다는
메시지를 보내고 있는 듯하다.

마트의 무수한 상품들과 도서관의 셀 수 없이 많은 장서들.

그러나 구르스키의 사진 안에서는 아무리 작은 것들이라도 각각 하나의 독립된 시각을 부여받는다. 그럼에도 그의 사진은 어지럽거나 혼란스럽지 않다. 그 개별자들이 서로 닮아있기 때문이다. 진열대 위에 놓인 과자봉지들의 크기, 서가에 꽂힌 책들의 모양. 그 어느 것 하나 중뿔나게 튀지 않고 자신이 놓인 풍경 안에서 조화를 이루어 낸다. 마트, 도서관 등 다분히 인공적인 공간에서 어렴풋이 대자연의 환영이 떠오르는 것은 이 때문이다. 그의 사진에는 해바라기 꽃 속의 씨앗들과 나뭇잎의 잎맥처럼 단순한 반복이 빚어내는 아름다움이 있다.

안드레아 구르스키
「도서관*Bibliothek*」
1999.

인간은 대자연처럼 자신의 인지 범위로 파악할 수 없는 것들을 두려워한다. 이때 느끼는 두려움의 본질은 알 수 없음 혹은 몰이해이다. 그 앞에 온갖 과학적 지식을 동원해보았자 결국 우리가 마주하는 것은 또 다시 넘어가야 하는 그 다음 벽일 뿐이다.

끝이 보이지 않는 사막. 그곳에 희망처럼 새벽 해가 떠오를 때, 눈앞에 펼쳐진 광활한 금빛 모래의 장관 앞에서 여행자들이 조용히 흘리는 눈물. 무한한 우주의 검은 물결을 마주할 때 자신도 모르게 서늘해지는 가슴. 거대한 구르스키의 사진 앞에서 문득 멈춰지는 걸음. 이것들은 각각 다른 경험이면서 동시에 하나의 감각이란 걸. 포효하는 바다 앞에서, 한 번도 경험해보지 못한 것 같은 낯선 일상의 풍경 앞에서, 나는 두려움과 존경의 마음을 동시에 느낀다.

무량無量, 인간의 인식 능력을 벗어나 헤아릴 수 없는 것.

그러나 한없이 초라해 보이는 우리도

그런 우리가 꾸려가는 평범한 일상도

대자연이 지닌, 한계가 없는 완전성의 일부이다.

Royal Museums of Fine Arts of Belgium

벨기에 왕립 미술관

2007년 소더비에서 한화 약 34억에 낙찰된 안드레아 구르스키의 「99센트」는 벨기에 왕립미술관에서 만날 수 있습니다. 벨기에 수도 브뤼셀Bruxelles에 있는 이 미술관은 고전 미술관Museum of Ancient Art, 현대 미술관Museum of Modern Art, 뫼니에 미술관Constantin Meunier Museum 그리고 위르츠 미술관Antoine Wiertz Museum, 이렇게 총 네 개의 미술관으로 구성되어 있어요. 구르스키의 사진 작품은 그 중 현대 미술관에 소장되어 있답니다.

그러나 이들 중 대표적인 곳은 고전 미술관이에요. 바로크 시대 플랑드르 미술16-17세기 벨기에와 네덜란드에서 유행한 미술 사조의 걸작들을 다수 보유하고 있기 때문이죠. 플랑드르 미술의 대가로 불리는 인물이 바로 그 유명한 루벤스Peter Paul Rubens예요. 고전 미술관에는 루벤스의 작품만 전시해 놓은 루벤스의 방Rubens Room이 따로 있을 정도라니 루벤스는 벨기에인들의 자랑임이 틀림없네요.

루벤스
「마리아의 대관식*Coronation of Mary*」
17세기 전반.

루벤스의 방에서도 단연 눈길을 사로잡는 작품은
바로「마리아의 대관식」입니다.
삼위일체를 이루는 성부와 성자 그리고 성령이
승천한 마리아에게 왕관을 수여하고 있습니다.
마리아의 발아래에선 오동통한 몸매의 귀여운 천사들이
그녀의 대관식을 축하하고 있네요.
빨강, 노랑, 짙은 파랑의 선명한 색감과
생명력 넘치는 인물 묘사가 무척 아름답습니다.

이 작품이 우리를 매혹하는 또 다른 이유가 있어요.
바로 작품의 어마어마한 크기입니다.
「마리아의 대관식」은 가로 2.57m, 세로 4.15m에 달하는 대작이에요.
구르스키의「99센트」가 가로 5m, 세로 2m이니
구르스키 작품을 세로로 세운 크기와 엇비슷하겠네요.

엄청난 크기의 천 냥 마트 사진과
실물 크기와 비슷하게 그려진 마리아의 대관식 장면.
각자 취향에 따라 더 감동적인 작품은 다르겠지만
두 작품 모두 우리의 발길을 사로잡을 만한
아우라를 가지고 있음은 틀림없어 보입니다.

13

숨겨진 이야기들

에드가 드가 「에투알」
Edgar de Gas, 1834-1917

대학 시절, 합창 동아리 활동을 했다.

낡은 칠판, 삐걱거리는 의자, 한여름에도 서늘한 기운이 가시지 않던 연습실. 정기 공연 때면 일주일에 두세 번씩 그곳에 모여 수십 번의 리허설을 했다. 그러나 막상 공연 당일 무대 위의 시간은 기억조차 나지 않을 정도로 순식간에 지나가 버린다. 오래된 추억처럼 그 시절을 가끔 떠올려본다. 기억 속 가장 선명한 장면은, 막이 오르기 직전 무대 뒤 풍경이다.

기다란 커튼으로 가려진 공간

마지막 채비를 위해 분주히 움직이는 사람들

긴장된 목소리, 낮게 주고받는 대화, 떨리는 눈빛

객석의 웅성거림이 멈추는 순간

한껏 부풀어 오른 공기 사이로,

막이 오른다.

무대 뒤의 흥분과 어수선함을 감추어 주던 커튼이 사라지면, 무대 위의 우리들은 전혀 다른 사람이 된다. 움츠러드는 몸을 꼿꼿이 세우고 관객들의 시선을 정면으로 마주 보며 입꼬리를 올려 웃는 얼굴을 만든다. 무대란 그렇게 정돈되고 준비된 것들만이 전시되는, 현실의 부산한 삶과는 한참 동떨어진 가공의 세계다.

예전부터 나는 무대 위보다 그 뒤에 숨겨진 이야기들에 더 관심이 많았다.

영화의 메이킹 필름이나 소설의 에필로그 혹은 어떤 사건 뒤에 숨겨진 비하인드 스토리. 그 속에는 꾸미지 않아 한층 더 흥미를 자극하는, 날 것 그대로의 사연들이 담겨 있다. 나만 이런 취향을 가진 건 아니다. 오페라 극장에서 발코니가 가장 좋은 좌석으로 꼽히는 건 그곳에서는 객석의 표정, 심지어 무대 뒤의 움직임들까지도 볼 수 있기 때문이다. 돈을 더 주고서라도 커튼 뒤의 세상에서 벌어지는, 꾸며내지 않은 표정들과 의도하지 않은 움직임들을 엿보고 싶은 욕망이 인간에겐 있다.

프랑스 인상주의 화가 에드가 드가도 바로 그 발코니에 서 있다.

발레 공연의 한 장면을 그린 작품 「에투알」. 프랑스어로 '별'을 의미하는 에투알은 발레에서 '프리마 발레리나prima ballerina'를 뜻하기도 한다. 그림의 한가운데, 선홍색 꽃잎들이 흩뿌려진 새하얀 튀튀tutu를 입은 무용수가 황홀한 표정으로 춤추고 있다. 그러나 동작 하나하나에 몰입하고 있는 그녀와 달리 화면 위쪽의 세상은 어수선하기 짝이 없다. 무대 뒤 세상을 완벽히 가려줘야 할 커튼 뒤로 또 다른 무용수들의 발이 보인다. 자신들이 여전히 커튼에 가려져 있다고 생각하는지 그녀들은 자연스러운 동작으로 몸을 풀고, 심호흡을 해가며 자신의 차례를 기다리는 중이다. 커튼 하나로 나누어져 있을 뿐인데, 양쪽의 분위기는 극명히 갈린다. 보여야 할 것과 감추어야 할 것. 이 다름과 부조화가 섞여들며 그림에 생동감을 부여하고 있다.

이 두 세계를 가로지르는 경계선 상에 눈에 거슬리는 존재 하나가 보인다. 하얀 발레리나들 사이에 검은 양복을 입고 서 있는 남자. 무대 연출자일까? 공연의 후원자일까? 그의 정체가 무엇이든 주머니에 손을 찔러 넣은 채 커튼으로 얼굴을 살짝 가린 사내는, 이질적이다.

/
에드가 드가
「에투알*Étoile*」
1876.

당시 프랑스 사회가 가지고 있던 발레리나에 대한 인식과 그들의 위치를 생각하면 저 남자는 돈 많은 상류층일 가능성이 농후하다. 이 시대엔 집안 사정이 좋지 못한 젊은 여성들이 발레리나를 직업으로 선택하는 경우가 많았다. 그녀들은 돈과 계급 상승을 위해 자신을 기꺼이 상품으로 내놓았고 부유층 남성들은 그 상품을 구매하기 위해 수시로 발레 공연장에 드나들었다. 가녀린 자태로 무대 위에서 반짝이는 에투알. 그 아름다운 별을 향한 탐욕스러운 시선을 남자는 커튼 하나로 손쉽게 숨겨버렸다.

이런 뒷이야기를 알고 나면 드가의 작품 속 검은 양복의 사내들은 눈엣가시가 된다. 드가의 「리허설」이라는 작품 속에도 검은 사내들이 등장한다. 발레리나들로 가득한 무대 위, 나이가 지긋해 보이는 남자 몇 명이 거만하게 앉아 있다. 그들이 감상 중인 것은 예쁜 얼굴과 젊고 육감적인 육체일 뿐, 그들의 머리와 가슴 어디에도 '발레'라는 예술은 없다. '무대'라는 공간을 오염시키고 있는 검은 사내들. 그들의 존재도, 그들의 욕망도 모두 추악하기만 하다.

드가의 인생에도 잘 알려지지 않은 비하인드 스토리가 있다.

드가의 아버지는 유명한 은행가였다. 아버지와 나이 차가 많이 났던 드가의 어머니는 미국 루이지애나 출신의 아이티Haïti 혼혈로 아름답고 매력적인 여인이었다. 그 두 사람 사이에서 태어난 부잣집 도련님 드가는 중등학교를

/
에드가 드가
「리허설*Rehearsal on Stage*」
1874.

졸업한 후 루브르Louvre를 드나들며 그림 그리는 것을 즐겼다. 하지만 아버지를 거역할 수 없었던 아들은 1853년, 파리 대학 법학부에 진학한다. 법학을 공부하면서도 남몰래 그림에 대한 꿈을 키워나가던 드가에게 일대 사건이 일어난다. 대학에 입학한 지 2년째 되던 1855년, 프랑스 미술계의 거장 앵그르Jean-Auguste-Dominique Ingres를 만나게 된 것이다. 앵그르는 그림을 사랑하는 청년 드가에게 다음과 같은 조언을 남겼다.

자네의 인생과 추억에서 날아오르는 이미지를 그려보게.
선을 그리고, 그 위에 더 많은 선을 그려봐.
이것만 기억한다면,
젊은이는 훌륭한 예술가가 될 수 있을 걸세.

이 몇 마디의 말이 드가의 인생을 완전히 뒤바꾸어 놓았다.

날아오르는 이미지를 그리기 위해, 선 위에 더 많은 선을 그려 넣기 위해 드가는 법학 공부를 때려치우고 에콜 데 보자르École des Beaux-Arts, 프랑스 국립 예술교육기관에 입학한다.

화가가 된 드가를 사로잡은 건 '움직이는 것'이었다. 예쁘게 단장하고 캔버스 앞에 서서 그려질 준비가 된 대상이 아니라, 시시각각 다른 모습을 보이며 공간 속을 날아오르는 것들. 드가의 그림 속 인물들은 언뜻 정지한 듯 보이나 이내 화면 안을 휘저으며 날아오른다. 그의 그림에 유독 발레리나가

/
에드가 드가
「발레 수업*The Dancing Class*」
1870.

많이 등장하는 것도 이 때문이다.

드가는 발레 연습에 몰두한 발레리나들의 몸짓과 표정을 섬세하게 묘사했다. 가까이서 오랜 시간 관찰했기에 가능한 그림들이다. 그런데 이런 드가에겐 이해하기 어려운 별명이 하나 따라다닌다. '여성 혐오자.' 드가가 여성 혐오자라는 주장은 19세기부터 꾸준히 제기돼 왔다. 도대체 왜 그에게 이런 과격한 딱지가 붙게 된 것일까.

어린 시절, 드가는 사랑하는 어머니가 불륜을 저지르는 장면을 목격했다. 상대는 아버지의 남동생, 드가에겐 삼촌이었다. 하지만 드가의 아버지는 아내를 용서했고 드가 역시 아무렇지 않게 어머니를 대했다. 그러나 예민한 시기에 받은 상처와 충격은 깊은 흉터를 남겼다. 어머니에 대한 사랑과 증오. 하지만 그런 애증의 감정조차 드가에겐 오래 허락되지 않았다. 그가 열세 살이 되던 해 어머니가 세상을 떠났기 때문이다. 이런 개인사와 83세로 사망할 때까지 평생 독신으로 살았던 것들이 그에게 불명예스러운 이름을 달아주었는지도 모른다.

하지만 드가의 그림을 보면 볼수록 그가 정말 여성을 싫어했던 사람일까, 라는 의문이 든다. 혐오하는 대상을 평생토록 관찰하고 정성스럽게 그려내는 일이 과연 가능할까. 드가는 말년에 시력을 거의 잃어버린 상태에서도 끊임없이 여성을 주제로 작업했다. 그림을 그릴 수 없게 된 후에는 두 손을 더듬어가며 조각 작품을 만들었다. 섬세하게 빚은 소녀의 몸과 앙증맞은 발레복 그리고 긴 머리를 살포시 묶고 있는 핑크빛 리본까지. 암흑에 갇힌 상태에서도 그는 선을 그리고 또 그 위에 선을 그려야 한다는 자신의 소명을 결코 잊지 않았다.

「14살의 어린 무용수」. 드가의 이 작품 앞에서, 나는 확신한다.

그는 결코 여성을 혐오한 사람이 아니라는 것을. 오히려 그는 어머니라는 절대적 존재를 계속 사랑할 수도 끝끝내 미워할 수도 없었던, 자기부정과 모순으로 점철된 유년기를 반복적으로 살아내고 있는, 가엾은 어른이었을 뿐이다. 형벌처럼 반복되는 과거의 상처 속에서 어머니라는 그림자에 갇혀버린 드가. 그가 '여성'이라는 대상에 매달리고 집착했던 이유, 그 실마리는 어쩌면 그가 그린 그림 속 여인들에게서 찾아야 하는지도 모른다.

표면에 드러나지 않은 의외의 사실을 알게 되었을 때의 쾌감. 내가 드라마의 본방송보다 미공개 스페셜 영상에 열을 올리는 이유이기도 하다. 커튼 하나로 분리되는 무대라는 공간. 어느 한쪽을 진짜라 부르면 다른 한쪽은 가짜가 될 수밖에 없는 이 두 세계는 그러나 이분법의 단순한 논리로는 설명되지 않는다.

기억조차 가물거리는 그 짧은 공연을 위해 무대 뒤에서 분주하게 움직였

에드가 드가
「14살의 어린 무용수*Little Dancer of Fourteen Years*」
1902.

던 우리도, 무대 위에서 만들어낸 웃음을 흘리던 우리도, 모든 순서가 끝나고 긴 드레스 자락을 질질 끌며 무대를 내려오던 우리도 그리고 공연장을 벗어나 그 강도 높은 긴장을 한바탕 웃음으로 날려버리던 우리도, 그날의 기억을 완성하는데 빼놓을 수 없는 각각의 조각들인 것을.

세련되게 다듬어진 겉모습의 세상과
어둡고 적나라한 욕망의 내면을 모두 담아낸 드가의 「에투알」.
모든 이야기는
감추고 숨겨진 뒷이야기들과 합쳐졌을 때
비로소 '진짜'가 된다.

Musée d'Orsay

오르세 미술관

에드가 드가의 「에투알」은 프랑스 파리의 센 강la Seine을 따라 들어선 오르세 미술관에 소장되어 있습니다.

오르세 미술관 건물은 원래 1900년에 건설된 초호화 기차역이었어요. 이 기차역이 1939년 폐쇄되면서 이후 이 건물을 어떻게 사용할 것인지 논의했고, 긴 고민 끝에 미술관을 위한 장소로 낙점이 되었답니다.

오르세 미술관에는 19세기 중반부터 활발히 꽃을 피운 인상주의와 후기 인상주의 작품이 많습니다. 프랑스 화가 구스타브 쿠르베Gustave Courbet의 사실주의 작품 또한 이곳에서 만날 수 있어요.

구스타브 쿠르베
「오르낭의 매장*A Burial at Ornans*」
1849.

쿠르베는 환상이 아닌 현실을
있는 그대로 그림 속에 담아낸 화가였지요.
'천사를 보여주면 그려주겠다.'라는 말로도 유명한 인물입니다.
그의 사실주의적 화풍을 가장 잘 보여주는 작품은 아마
「오르낭의 매장」일 거예요.

쿠르베는 자신의 고향 오르낭에서 있었던 장례식을
사실적으로 그려냈습니다.
눈물 흘리는 여인들, 장례 의식을 치르고 있는 신부와 복사들,
심각한 표정의 남자들까지.

처음 이 작품을 접한 대중들은 격렬한 비난을 쏟아냈습니다.
그림이 너무나 사실적이라는 이유에서였죠.
끔찍하고 불쾌하다는 반응을 보인 사람들도 많았답니다.
추한 것들을 지워내고 적당히 윤색한 그림에 익숙했던 대중은
평범한 일상 속의 장면이 커다란 캔버스에 적나라하게 드러나자
무척 당황스러웠을 겁니다.

하지만 커튼 뒤로 숨기고 싶었던 이야기들이야말로
진실을 완성하기 위한 마지막 퍼즐 조각이 아닐까요?
어쩌면 쿠르베는 그런 사실을 깨닫고 있었던 사람이 아닐까 합니다.

드가의 「에투알」과 쿠르베의 작품들을 보며
'과연 진실이란 무엇일까' 한 번쯤 천천히 생각해보시는 건 어떨까요.

14

생의 한가운데

그리스 무덤 조각
Greek grave stele

누구도 죽음을 피할 수 없다는 사실,

이 사실 앞에서 만인은

인생을 통틀어 단 한번 평등해진다.

그러나 이 공평함도 죽음에 대한 두려움을 가볍게 만들어 주진 않는다. 그 누구도 경험해 보지 못했기에 인간에게 사후死後의 시간이란 결코 정복

할 수 없는 공포의 원형이다. 결국 인간은 한갓 시간의 줄에 묶인 마리오네트marionette, 꼭두각시 인형에 불과할 뿐. 그 가느다란 줄이 '뚝'하고 끊기는 순간 삶은 죽음으로 순식간에 이름을 바꾼다. 유한한 시간 속에 갇힌 인간은 무한을 꿈꾸며, 언젠간 반드시 소멸하기에 불멸하는 신을 창조해냈다. 세상의 모든 종교는 여기서 시작된다.

기독교는 사후 세계에 대해 비교적 분명하고 구체적인 확신을 가지고 있다. 기독교 교리에 따르면 죽음 이후 우리를 기다리고 있는 것은 천국 아니면 지옥. 313년 기독교가 공인된 이래, 사후 세계와 영생에 대한 이미지는 다양한 예술 장르에서 무한히 반복되어 왔다.

기독교가 이 세상에 등장하기 전엔 어땠을까. 그리스 시대의 사람들은 사후 세계에 대한 막연한 믿음은 있었지만 그곳을 평화와 구원의 장소로 여기지는 않았다. 죽음에 대한 이러한 생각은 그들이 남긴 무덤 조각에 고스란히 새겨져 있다.

그리스 무덤 조각은, 세속적이다.

죽음을 영생 혹은 초월과 쉽게 연결 짓는 우리에겐 '세속적인 무덤 조각'이라는 것 자체가 흥미롭다. 죽음 앞에서 그리스인들이 떠올렸던 것은 '내세'에 대한 기원과 바람이 아니라 '현세'에 대한 기림과 애도였다. 정성을 다해 돌보던 작은 새, 함께 산책을 즐기던 강아지, 애정 어린 사람들과 함께

비둘기와 함께 있는 소녀의 묘비*the Grave Stele of Girl with Doves*
B.C. 450–440.

/
멜리스토의 묘비*the Grave Stele of Melisto*
B.C. 340.

했던 순간들, 한평생 몸에 지녔던 소중한 물건 그리고 이제 더는 볼 수 없을 사랑하는 가족. 그리스인들이 죽음의 길목에 세운 무덤 조각에는 고인이 살아있을 때 누렸던 행복들이 추억처럼 새겨져 있다.

시간의 줄이 '툭' 끊기고
내게 속했던 모든 것을 내려놓고 떠나야 하는 순간.
그 외롭고 먼 길을 떠나는 이에게
그리스인들은 그가 생전 그토록 사랑했던 한 가지를 함께 보냈다.

그것은 그의 인생을 통틀어 가장 행복했던 순간이었고, 가장 아꼈던 누군가였으며, 늘 몸에 지녔던 무엇이었다. 레테의 강그리스 신화 속에 등장하는 망각의 강을 건넌다 해도 결코 잊을 수 없는 것들. 그리스인들에게 죽음은 사후 세계에 대한 허황된 약속이 아니라 삶의 아름다움을 예찬하고 기억해야 하는 또 하나의 이유였을 뿐. 그들이 남긴 무덤 조각에서 우리가 발견할 수 있는 것은 죽음 '이후'가 아니라 삶의 '한가운데'이다.

그리스 무덤 조각을 일컫는 정식 명칭은 '석판'이라는 뜻의 스텔레stele.

죽은 사람의 생전 모습을 돋을새김으로 새긴 이 무덤 조각은 기원전 6세기경부터 등장한다. 사람이 죽으면 커다란 돌로 덮어 버리거나 묘비명 정도만 새기는 장례 풍습에 비하면 매우 정성스런 방식이다. 시대를 따라 변화해온 장례 문화는 당시 사람들이 가졌던 죽음과 삶에 대한 사유방식을 알려주는 귀중한 유산이다.

그리스의 스텔레는 처음 등장한 이후 시간이 지날수록 매우 사실적이고 화려한 형태로 발전해나갔다. 사치를 조장한다는 이유로 스텔레의 간소화를 주장한 정치인도 있었으니 당시에는 사회적 문제이기도 했나 보다. 죽은 이의 모습만 새겼던 초창기 스텔레와 달리 전성기 스텔레는 죽은 이가 사랑했던 사람들, 그가 아꼈던 물건들을 함께 새기기 시작했다. 이런 형식의 대표적 예가 바로 '헤게소의 묘비'다.

1870년 아테네 케라메이코스Kerameikos의 묘지에서 발굴된 높이 1.47미터의 이 스텔레에는 '프로크세노스의 헤게소(프로크세노스의 딸 아니면 처)'라는 글귀가 새겨져 있다. 세련된 의자에 앉아 있는 여인이 바로 이 무덤 조각의 주인공인 헤게소. 한 소녀가 보석함을 열어 보이자 헤게소는 생각에 잠긴 채 그 안을 뒤적인다. 그녀의 인생 중 가장 중요한 한 컷으로 제시된 이 장면에서 우리의 시선을 끄는 것은 단연코 보석함이다. 죽음을 목전에 둔 이에게 보석함은 단지 형형색색의 장신구가 담긴 곳만은 아니었을 것이다. 어느 목걸이에는 젊은 날 속삭였던 사랑의 밀어가, 어느 반지에는 잊지 못할 누군가의 부끄러운 고백이 담겨 있었을 테니. 그녀가 지금 마주 하고 있는 것은 그 안에 담긴 값비싼 보석들이 아니라 그 보석들보다 더 찬란히 빛나던, 그러나 결코 다시는 되돌아 갈 수 없는 지난날들이다.

헤게소의 묘비*the Grave Stele of Hegeso*
A.C. 410.

마침내 와버린 생의 마지막 순간, 소중한 기억들을 하나하나 더듬는 그녀의 식어가는 손끝이 시리도록 애달프다.

스텔레에는 망자가 죽기 전 유언으로 남긴 내용이 새겨졌다. 하지만 누구나 준비된 죽음을 맞는 건 아니다. 경황없이 사랑하는 가족들 곁을 떠나버린 이들은 유언조차 남기지 못했을 것이다. 그럴 때엔 남은 가족들이 마지막으로 망자에게 전달하고 싶은 마음을 스텔레에 새겨 넣기도 했다.

다소곳이 앉아있는 차분한 표정의 여인과 그녀의 손을 잡은 채 입을 굳게 다문 남자. 그러나 담담한 표정과는 달리 그에겐 마지막으로 전하고 싶은 말이 꼭 하나 있었다.

"여기 아리스톤Ariston과 로디라Rhodilla의 딸 아리스틸라가 잠들어 있다. 사랑하는 딸아, 너는 우리에게 너무나 훌륭한 자식이었다."

이 묘비의 주인공은 아리스틸라Aristylla. 아리스틸라 앞에 선 남자는 그녀의 아버지다. 딸을 잃은 아버지의 비통함은 언어로 구현되지 않는다. 자식을 잃은 부모의 심정을 담아낼 수 있는 것은 이 세상에 없다. 싸늘하게 식어버린 딸의 주검 앞에서, 슬픔으로 온 존재가 무너져 내리는 가운데 내뱉은 아버지의 한 마디, '사랑하는 딸아.' 이 말이 지니는 무게를 그 누가 가늠할 수 있단 말인가. 딸에게 전할 수 없었던 아버지의 마음은 그렇게 무덤가의 돌 위에 새겨져 2천 년이 지난 지금까지 전해지고 있다.

아리스틸라의 묘비*the Grave Stele of Aristylla*
B.C. 420.

/
가족과 함께 있는 무덤 조각*Marble grave stele with a family group*,
메트로폴리탄 미술관*Metropolitan Museum of Art* 소장.
B.C.360.

그리스의 시인 호메로스Homeros가 쓴 『오디세이아Odysseia』의 한 구절은 왜 그리스인들이 그토록 현세의 삶에 애착을 보이는지 짐작할 수 있게 해준다. 트로이 전쟁에 참전했다 고향으로 돌아오던 영웅 오디세우스Odysseus는 저승에서 만난 아킬레우스Achilleus에게 다음과 같은 말을 건넨다.

아킬레우스여,
예전에도 그대만큼 행복한 사람은 없었고 앞으로도 없을 것이오.
그대가 살아 있는 동안 우리 아르고스Argos인들은 그대를 신처럼 추앙했고
지금 그대는 여기 죽은 자들의 강력한 통치자이기 때문이오.
그러니 아킬레우스여, 그대는 죽었다고 해서 슬퍼하지 마시오.

이 말을 들은 아킬레우스가 씁쓸한 목소리로 대답한다.

죽음에 대해 그럴싸하게 말하지 마시오.
오디세우스여, 죽은 이들을 다스리느니
나는 차라리 이승에서 머슴이 되어
농토도 없고 재산도 많지 않은 가난뱅이 밑에서 품이라도 팔고 싶소.

죽음은 천하의 영웅 아킬레우스조차 머슴의 삶을 동경하게 만든다. 기독교에서처럼 천국과 지옥으로 양분된 사후 세계가 없고 불교에서 말하듯 시

간이 끝없이 윤회하는 것이 아니라면, 우리 앞에 놓인 것은 오로지 '살아 있을 때의 시간'뿐이다. 결국 모든 종교와 철학이 극복하려 했던 '죽음'은 오직 '삶'을 단단히 붙잡는 것으로만 넘어설 수 있다. 죽음에서 시작된 성찰은 삶에 대한 사유로 되돌아 올 수밖에 없는 것이다.

'죽음'이 돌아보게 하는 것은 역설적이게도 언제나 '삶'이다.
눈앞에 있는 '지금 여기'를 살지 못하는 자에게
죽음은 언제까지나 공포이자 비극일 것이다.

National Archaeological Museum Athens

아테네 국립 고고학 박물관

그리스의 무덤 조각, 스텔레stele는 아테네 국립 고고학 박물관에 소장되어 있어요. 아테네 시내 북부에 있는 이 박물관은 1889년 건립되었으며 세계 10대 박물관 중 하나로 손꼽힌답니다. 박물관의 건축 양식 또한 고대 그리스 신전을 모방한 형태로 고전적인 아름다움이 물씬 느껴집니다.

아테네 국립 고고학 박물관에는 고대 그리스 시대부터 비잔틴 시대까지 아우르는 유물들이 소장돼 있으며 대부분이 세계 유산으로 지정된 미술품들이라고 해요.

이 미술품들 중, 복제품은 몇 점 되지 않으며 거의 모든 작품이 원작이라고 하니 더욱 놀랍습니다.

테라시아와 에우안드리아의 무덤 조각*the grave stele of Therasea and Euandria*
B.C. 375-350.
베를린 고미술 박물관*Antikensammlung Berlin* 소장.

이 박물관에서는 앞서 보신 무덤 조각 외에도
다양한 무덤 조각들을 보실 수 있답니다.
스텔레들을 찬찬히 하나씩 들여다보다가
재미있는 사실을 발견했어요.

눈치채셨나요?
죽은 이들은 앉아 있고, 산 자들은 서 있다는 걸.
그렇지 않은 조각들도 있지만
대부분의 망자는 의자에 앉아 있어요.

리시스트라테의 묘비*the grave stele of Lysistrate*

B.C. 350–325.

뉴욕 메트로폴리탄 미술관*Metropolitan Museum of Art* 소장.

산 자는 가까운 이의 죽음을 맞닥뜨린 이후에도 계속 살아나가야 하죠.
반면, 죽은 이는 이제 더 이상 미래를 향해 걸어 나갈 수 없습니다.
살아있는 이들은 망자와 악수를 한 뒤 다시 삶으로 돌아오지만
망자의 시간은 그 자리에 멈춰버립니다.

그리스인들에게 있어 죽음이란
의자에 앉은 채로
모든 것이 멈춰버리는 것이었는지도 모르겠습니다.

우리에게도 언젠가는 그 순간이 찾아 올 거예요.
그 때가 오면 우리도 더 이상 걸어 나갈 수 없는 존재가 되겠지요.

그리스 무덤 조각은 분명 죽은 이를 위한 것입니다.
그러나 의자에 앉아 꿈적도 못하게 될 그 날이 오기 전에
두 다리로 어디든 걸어가 보라고,
어서 자리에서 일어나 세상으로 나가보라고,
살아있는 이들의 삶 또한 응원하고 있는 듯합니다.

15

우리가 잃어버린 그것

허버트 제임스 드레이퍼「이카로스를 위한 애도」
Hubert James Draper, 1863-1920

이 그림은 무절제한 삶에 뒤따르는 형벌에 대한 이야기다.

끝 간 데 없이 욕심 부린 이들은 모든 것을 잃는다, 심지어 목숨마저도. 그리스 · 로마 신화의 원전을 읽지 않은 이라도 이카로스의 비극적 결말에 대해선 들어본 적이 있을 것이다.

다이달로스Daedalus는 크레타 섬의 미노스 왕에게 의뢰를 받아 괴물 미노

타우로스를 영원히 가둘 미궁迷宮을 제작한 사람으로 유명하다. 미궁을 완성한 후 왕의 미움을 사게 된 다이달로스는 아들 이카로스와 함께 한 섬의 탑에 갇히고 만다. 섬을 탈출해도 바다를 건널 방법이 없던 다이달로스가 고심 끝에 생각해 낸 것이 바로 날개. 다이달로스는 새의 깃털과 밀랍으로 자신과 아들을 위한 날개를 만든다. 날개를 단 두 사람은 마침내 미궁에서 탈출했을까.

다이달로스는 분명 아들에게 경고했다. 날개를 붙인 밀랍이 녹을지 모르니 하늘 높이 올라가지 말라고. 그러나 새처럼 날 수 있게 된 이카로스는 아버지의 경고 따윈 까맣게 잊은 채 하늘을 향해 높이 날갯짓한다. 더 높은 곳에 닿고자 하는, 인간의 오랜 욕망은 그를 태양 가까이 밀어올리고 이내 뜨거운 열기에 밀랍이 녹아내리기 시작한다. 날개를 잃은 이카로스에게 남은 건 끝없는 추락뿐. 매혹적이었으나 너무 짧았던 그의 첫 비행은 그렇게 삶의 마지막 순간이 되었다.

영국의 화가 허버트 제임스 드레이퍼는 이카로스가 에게해에 떨어진 바로 그 순간을 포착했다. 바다의 요정들이 이카로스 주변에 모여들어 그의 죽음을 슬퍼하고 있다. 새카맣게 그을린 청년의 몸, 축 늘어져버린 두 팔과 다리. 이카로스에게 찰나의 자유와 희열을 선사한 두 날개 또한 붉게 타버렸다.

허버트 제임스 드레이퍼
「이카로스를 위한 애도*The Lament for Icarus*」
1898.

거대한 날개 한가운데 무력하게 놓여 있는,

생명이 빠져나간 채 버려진 한 인간의 육신.

불현듯, 절정의 순간 꽃송이 채로 낙화하는 동백꽃이 스쳤다.

런던에서 태어난 허버트 제임스 드레이퍼는 영국 왕립 미술원Royal Academy of Arts에서 미술을 공부했다. 보석 세공사였던 아버지는 아들이 예술가가 되는 것을 반대하지 않았다. 덕분에 그는 부모님의 지원을 받으며 로마와 파리에서 공부를 계속할 수 있었다. 26세가 되던 해에는 국비 장학생으로 뽑혀 양질의 예술 교육을 받기도 했다. 드레이퍼는 그림에 완벽하게 집중할 수 있는 환경 속에서 성장한 셈이다.

그는 대영제국의 절정기로 불리는 빅토리아 시대Victorian Era에 활동했다. 풍요로움이 흘러넘치던 나라, 자신을 믿고 지지해 주는 부모님, 화가가 되기에 전혀 모자람 없는 재능까지. 인생에 별다른 어려움이 없을 때 사람들은 기꺼이 '환상'에 품을 내어 준다. 현실이 도저히 감당이 안될 때 지금 여기가 아닌 곳으로 도망쳐 들어가는 이들과는 결이 다른 이야기다. 무엇이 결핍되어서가 아니라 단지 더 이상 충족해야 할 것이 없기에, 그런 이유로 찾는 현실 너머의 세상은 도피가 아니라 환상을 위한 장소가 되어버린다. 드레이퍼가 바로 여기에 해당한다.

그가 가장 사랑한 주제는 그리스 · 로마 신화. 드레이퍼의 또 다른 그림 「오디세우스와 사이렌」 역시 신화 속 이야기를 담고 있다. 오디세우스는 트로이 전쟁에서 승리한 뒤 고향으로 돌아가는 길에서 숱한 고난을 경험하는 인물. 이 작품은 그 여정 중 아름다운 노랫소리로 유혹해 뱃사람들의 목숨을 빼앗는 사이렌과 맞닥뜨린 장면이다. 하나뿐인 목숨을 지키기 위해 스스로를 기둥에 묶어둔 오디세우스. 그러나 결박당한 것은 그의 육체뿐, 아름다운 여인들을 향해 한껏 열려진 그의 시선은 그의 영혼이 이미 사이렌에게 사로잡혔음을 보여준다. 하지만 이카로스와는 달리, 자신의 욕망이 불러올 결과를 예측하고 미리 준비한 오디세우스는 무사히 이 절체절명의 순간을 벗어난다. 전장에서 잔뼈가 굵은 성숙한 남자와 패기밖에 없었던 미숙한 청년의 차이가 이들의 생사를 갈랐다.

신화에 따르면, 이카로스가 바다에 떨어졌을 때 이미 두 날개는 산산조각 나 흩어져 버리고 그의 팔에는 아무것도 매달려 있지 않았다 한다. 미지의 세계를 향한 끝없는 욕망, 그 결과로 얻은 죽음이라는 형벌. 창공 끝으로 이끌던 날개는 오간 데 없이, 맨몸으로 볼썽사납게 죽어버린 인간의 모습은 자신의 한계를 인식하지 못한 자의 말로를 나타내기에 더없이 적절한 소재다. 그러나 드레이퍼는 이카로스의 죽음을 교과서적으로 다루지 않았다. 욕망을 좇아 창공 높이 날아오르다 죽음을 맞이한 청년, 이 드라마틱한 주제는 드레이퍼의 손끝에서 그만의 '환상'으로 재탄생한다. 그의 그림 안에서는

/
허버트 제임스 드레이퍼
「오디세우스와 사이렌*Ulysses and the Sirens*」
1909.

죽음도, 비극도, 아름답기만 하다.

신화의 결말과 달리 드레이퍼는 이카로스의 팔 위에 온전한 형태의 날개를 그려 넣었다. 추락을 막지 못한 두 날개는 그러나 여전히 거대하고 섬세하며 우아하다. 날개의 끝부분, 태양의 열기에 검붉게 타버린 흔적은 그의 죽음을 향한 드레이퍼식의 화려한 애도다. 드레이퍼가 그려낸 이카로스의 비극에서 동백꽃의 기운이 느껴지는 건 그 때문이다. 주어진 생명을 모두 소진한 채 땅바닥에 뒹굴면서도 여전히 생생한 동백의 붉은빛. 나는, 그 처연한 핏빛이 이카로스의 하얀 날개 위로 스며드는 환영幻影을 본다.

드레이퍼는 「이카로스를 위한 애도」로 1900년 파리 만국박람회에서 금메달을 수상했다. 유럽 각국의 심사위원들은 색다른 시각으로 이카로스의 추락을 그려낸 젊은 화가의 재능에 감탄했다. 이 상 덕분에 그는 뛰어난 화가로 인정받으며 유명세를 얻었다. 하지만 변덕스러운 대중의 취향과 엄청난 속도로 발전하는 세상 속에서 고대 그리스 · 로마 신화는 한낱 고리타분한 옛이야기에 불과했다. 사람들의 관심은 금세 드레이퍼의 그림에서 멀어져 갔다. 시들어가는 인기를 의식해서였는지 드레이퍼는 신화 대신 사람들의 초상화를 그리기도 했다. 왕년의 인기 작가였기에 초상화는 쏠쏠한 수입원이 되었을 것이다.

/
허버트 제임스 드레이퍼
「포푸리*PotPourri*」
1897.

드레이퍼가 그린 초상화에서도 우리는 그만의 환상적인 이미지를 느낄 수 있다. 그림 속 인물들은 실제 우리 주변에 존재하는 이들이지만 어딘지 모르게 신화 속 주인공들을 닮았다. 평범한 배경 속에서도 기품을 잃지 않는 그들에게선 신비로운 아우라가 느껴지기도 한다. 일상을 주제로 그린 드레이퍼의 그림 중 가장 아름답게 느껴지는 작품은 「포푸리」. 프랑스어로 포pot는 항아리, 푸리pourri는 썩었다는 의미다. 즉, 말린 꽃잎들로 가득 채운 항아리가 바로 포푸리다.

죽어버린 꽃잎들이 더 진한 향기를 내뿜는 순간.
삶은 죽음으로, 죽음은 다시 무언가로
끊임없이 변주되고 재창조된다.

검은 옷을 입고 포푸리를 만들고 있는 여인. 그녀의 곧게 뻗은 목덜미는 드레이퍼의 또 다른 작품 「칼립소의 섬」에 나오는 여인을 떠올리게 한다. 오디세우스를 사랑했으나 떠나보낼 수밖에 없었던 바다 요정 칼립소. 사랑하는 이를 잃은 여인의 뒷모습이 아름답고 쓸쓸하다. 비록 대중의 취향을 따라가기 위해 초상화를 그렸으나 드레이퍼의 초상화에서는 여전히 신화 속 주인공들의 이미지가 희미하게 묻어난다.

드레이퍼는 56세가 되던 해, 애비 로드Abbey Road에 있는 자택에서 숨을 거

/
허버트 제임스 드레이퍼
「칼립소의 섬*Calipso's Isle*」
1897.

두었다. 사인은 동맥 경화. 젊은 날, 도전 정신의 상징인 이카로스를 그려 단번에 세상의 이목을 받았던 남자. 그러나 그는 그림 속 이카로스처럼 자신의 욕망을 극단까지 밀어붙이진 못했다. 지나치게 많은 생각과 걱정은 늘 발목을 잡는 법. 초상화를 그리며 여생을 아무렇지 않은 듯 살았겠지만, 쉽사리 드러내지 못했던 화가의 걱정은 무의식의 그늘 속에 차곡차곡 쌓여가고 있었으리라.

Live fast, Die young and Leave a beautiful corpse.

바람처럼 빠르게 살고, 젊을 때 죽으라. 그리고 아름다운 시체를 남겨라.

영화배우 제임스 딘James Byron Dean의 말이다. 단 세 편의 영화에서 주연을 맡고 세계적인 스타가 된 남자. 그리고 자신의 불온한 소망처럼 스무 해 남짓을 살다 간 배우. 생애 모든 순간을 '온전한 나'로서 살고자 노력했던 자의 죽음은 그래서, 아름답다.

아버지의 경고를 무시하고 더 높이 날고자 했던 이카로스 또한 젊었을 때 죽음으로써 아름다운 시체를 남겼다. 절제의 미덕을 상기시킬 때 등장하는 부정적 이미지의 이카로스. 패기와 무모함의 경계선 위에 서 있는 그는 그러나 여전히 '도전'의 상징이기도 하다. 어쨌거나 이카로스는 하늘의 끝에 다다랐고 자신의 두 눈으로 태양을 보았으니까.

실패가 두려워 도전을 하지 않는 요즘 사람들에게 이카로스란 존재는 그래서 더욱더 신화적으로 다가온다. 안정된 삶만을 인생의 유일한 목표로 삼을 때 우리에겐 아름다운 시체를 남길 기회 같은 건 영영 오지 않을지 모른다. 지금 세상은 다이달로스가 아들 이카로스에게 했다던 경고를 무색하게 만들고 있다. 그 누구도 위험을 무릅쓰고 하늘 높이 날려고 하지 않는 이 세상을 향해, 제임스 딘이 남겼다는 뜨거운 문장 하나를 건넨다.

Dream as if you'll live forever. Live as if you'll die today.

영원히 살 것처럼 꿈꾸고, 내일 죽을 것처럼 오늘을 살라.

Tate Britain

런던 테이트 브리튼

「이카로스를 위한 애도」는 영국 테이트 브리튼에서 볼 수 있습니다.

테이트 브리튼은 테이트 세인트아이브스Tate St. Ives, 테이트 리버풀Tate Liverpool, 테이트 모던Tate Modern과 함께 영국의 국립 박물관 네트워크인 테이트Tate에 속합니다. 1897년 헨리 테이트 경Sir Henry Tate이 설립한 테이트 갤러리가 현재 이렇게 대규모 네트워크로 발전했다니 놀라운 일입니다.

테이트 브리튼은 존 싱어 사전트의 「카네이션, 릴리, 릴리, 로즈」를 소장하고 있기도 하죠.

아서 휴즈
「4월의 사랑*April Love*」
1855.

영국 미술품만을 소장한 곳답게
영국 출신 작가들의 다양한 작품을 만나볼 수 있는 매력적인 장소랍니다.
다른 유명 작가들의 그림도 많지만 특히 제 마음을 사로잡은 그림은
아서 휴즈Arthur Hughes의 「4월의 사랑」입니다.

휴즈 역시 드레이퍼처럼 영국 왕립 미술원에서 공부한 화가였어요.
신화를 좋아했던 드레이퍼와 달리 휴즈는 일상 속 인물들을 즐겨 그렸지만
그의 그림에서도 어딘지 모르게 고전적이고 우아한 분위기가
느껴지지 않나요?

보랏빛 드레스를 입은 여인의 왼손에 한 남자가 고개 숙여 키스하고 있네요.
하지만 수줍은 듯 고개 돌린 여인이 바라보고 있는 건
바닥에 떨어져버린 장미 꽃잎들이에요.
장미 꽃잎은 부서지기 쉬운 사랑을 상징한다고 하네요.

금세 식어버릴 사랑일지라도, 우리는 기꺼이 그 사랑에 모든 것을 내어줍니다.
금세 불타버릴 날개일지라도 태양 가까이 날아올랐던 이카로스처럼 말이에요.

Museum of Art in my neighborhood

우리 동네 미술관

국립현대미술관 덕수궁관

ㅇ서울시 중구 세종대로 99 덕수궁
ㅇ**개관시간** 10:00–19:00 (수, 토요일 10:00–21:00 야간개장)
ㅇ**휴관일** 월요일

긴 겨울이 지나고 공기 가득 봄 내음이 차오를 때, 여러분은 무얼 하시나요. 저는 그맘때쯤이면 항상 국립현대미술관 덕수궁관을 찾았던 것 같아요. 시끌벅적한 서울 한가운데를 걷다 덕수궁 안으로 들어서면 순간, 온 사방이 차분히 가라앉습니다. 정갈하게 자란 초록 나무들 사이에 자리 잡은 미술관 건물. 그리스 신전을 닮은 덕수궁관은 묘하게도 한국적입니다.

1946년 해방 이후 개관한 덕수궁관에서는 그 동안 우리가 잘 몰랐던 한국의 화가들을 만나볼 수 있습니다. 몇 해 전에는 한국 근현대미술사의 거장, 월북화가 이쾌대의 전시회가 열리기도 했지요.

전시를 둘러본 뒤엔 덕수궁 돌담길을 따라 걸어보세요. 시간의 공기가 켜켜이 쌓인 돌담에 손을 얹으면 서늘한 감촉에 마음까지 시원해집니다. 돌담길 입구, 조그만 와플 가게에서 갓 구운 와플도 한 조각 즐기시구요.

그렇게 걷다보면 또 하나의 미술관이 우리를 기다립니다. 나지막한 언덕 위에 자리한 서울시립미술관이에요. 고전적인 고딕풍의 석조 입구가 멋진 곳이죠. 이곳이 1928년 세워진 경성재판소였다는 사실을 아시는지요? 미술관에 들어서기 전, 옛 흔적들을 찾아보는 것도 재미있을 거예요.

머리가 복잡한 날, 단아한 궁 안의 나무들 사이를 걷는 잠깐의 산책.
그리고 그 끝에 마주하게 되는 작은 미술관 하나.
잘 찾아보면, 잿빛의 도시에도 반짝이는 것들이 숨어있답니다.

PKM 갤러리

○ 서울시 종로구 삼청로7길 40
○ **개관시간** 매일 10:00–18:00

무작정 걷고 싶은 날이 있습니다. 말없이 함께할 동행이 있다면 더 좋겠지요.
무심코 발길이 닿은 곳 중 저를 가장 행복하게 했던 공간,
삼청동의 PKM 갤러리입니다.

깔끔하고 모던한 외관부터 매력적인 이곳은 내부 역시 여백의 미가 돋보이는 공간입니다. 현대 미술을 주로 전시하는 PKM 갤러리는 조각과 회화 같은 전시품들뿐만 아니라 공간 그 자체도 작품이 될 수 있다는 걸 보여줍니다.

그러나 뭐니 뭐니 해도 PKM 갤러리의 백미는 '별관'입니다. 갤러리 2층의 유리문을 열고 정원으로 들어서면 한눈에 내려다보이는 북촌의 풍경. 쾌청한 날엔 저 멀리 남산타워도 선명히 볼 수 있지요. 이 정원을 지나 한 계단 더 올라서면 별관이 나옵니다. 아무도 없는 공간에 홀로 머물렀던 기억은 지금도 쉽게 잊히지 않네요. 그 순간에는 오로지 작품과 나, 그리고 천천히 흘러가는 시간만이 존재했습니다.

PKM 갤러리를 자주 드나들던 제 친구도 별관의 존재를 모르고 있더군요.
삼청동의 아기자기한 골목들을 걷다 혹시 이 갤러리를 마주친다면 꼭 별관까지 둘러보시길.

기대하지 않았던 생일 선물과 같은 하루가 당신을 기다리고 있을 겁니다.

부산시립미술관

○부산광역시 해운대구 APEC로 58

○**개관시간** 10:00–18:00 (토요일 10:00–21:00)

○**휴관일** 월요일

마음 편히 무언가를 즐기는 건, 생각보다 쉬운 일이 아닙니다. 무방비 상태로 미술관에 들어갔다가 거대한 물결처럼 밀려드는 작품들에 압도당한 경험도 많이 있구요. 아무 생각 없이 쉬고 싶은 날 찾아가기 좋은 미술관이 있습니다. 전시보다 공간 자체가 훨씬 매력적인, 부산시립미술관입니다. 하늘을 찌를 듯한 해운대의 마천루 숲을 지나 이곳에 들어서면 그제야 제 숨소리가 들리고 가슴이 말랑말랑해집니다.

옅은 회색의 마감재로 장식된 건물은 조금은 단조로운 느낌이지만 미술관 뒤편의 너른 마당은 생기가 넘칩니다. 강렬한 조각들이 띄엄띄엄 자리 잡은 이 정원은 사계절 내내 아름답습니다. 2015년 개관한 '이우환 공간'도 바로 이곳에 있지요. 이우환 예술의 진수를 경험하고 싶다면 꼭 한번 가봐야 할 장소입니다. '이우환 공간'이 훤히 내려다보이는, 미술관련 책들로 빼곡한 도서관 또한 제가 사랑하는 공간이에요.

전시실 복도는 커다란 유리창 덕분에 채광이 잘 됩니다. 짙푸른 산의 풍경, 시시각각 바뀌는 하늘의 색깔. 작품 감상에 무거워진 머리도 창 너머의 맑은 풍경 덕분에 금세 가벼워집니다.

넘칠 듯 넘치지 않는, 모자랄 듯 모자라지 않는 이런 장소가 절실한 날이 가끔 있을 테죠. 갈피를 잡지 못해 마음이 시끄러운 날, 이 미술관을 향해 천천히 걸어가 보시면 어떨까요.

경주 솔거미술관

○경상북도 경주시 경감로 614
○**개관시간** 09:00–18:00
○**휴관일** 월요일

어릴 적 가보았던 곳을 세월이 지나 다시 찾았을 때, 그 땐 알지 못했던 것들이 새롭게 다가오곤 합니다. 제겐 고리타분한 수학여행지로만 생각했던 경주가 딱 그런 곳입니다.
어른이 되어 만난 경주는, 아름다운 도시였습니다.

그런 경주에 미술관에 있다는 것을 최근에야 알게 되었어요.
경주세계문화엑스포 공원 안, 아평지 연못가에 있는 솔거 미술관은 한국화의 거장 소산小山 박대성 화백이 작품을 기증하며 건립되었습니다.
이곳에선 신라의 옛 문화유산과 한국의 전통적 예술들을 두루 볼 수 있어요.
또한 작품 사이의 간격이 넓어 한가로운 관람이 가능하답니다.

무엇보다 관람객을 사로잡는 건 통유리창이 있는 제3전시실입니다.
이 거대한 창을 통해 보이는 풍광은 어느 예술작품보다 더 감동적입니다.
승효상 건축가가 설계한 미술관 건물 또한 그 자체로 예술작품이에요.
기품 있는 한옥을 닮아 자연과 부드러운 조화를 이루고 있답니다.

벚꽃이 흐드러지는 봄,
이 아름다운 미술관의 뜨락을 거니는 행운을 누려보시길.

뮤지엄 산

○강원도 원주시 지정면 오크밸리2길 260
○**개관시간** 10:00-18:00
○**휴관일** 월요일

텅 빈 시간들이 무더기로 쏟아지면, 순간 무얼 할지 막막해지곤 합니다. 그래서 늘 하던 대로 시간을 채우게 되지요. 영화를 보거나, 카페에 가거나, 책을 읽거나 그도 아님 무작정 뒹굴 거리거나….

달력에 빨간 날들이 쭈르륵 이어질 때 과감히 도시를 벗어나보는 것은 어떨까요. 서울에서 그리 멀지 않은 곳에 정말 근사한 미술관이 있답니다.
강원도 원주시에 자리한 뮤지엄 산.
이름처럼 산 속에 숨은 듯이 자리한 미술관이랍니다.
이곳에 다녀오면, 일주일이건 한 달이건 바쁜 일상을 기꺼이 살아낼 수 있는 활력을 듬뿍 얻어 올 수 있답니다.

뮤지엄 산은 일본 건축가 안도 다다오가 설계한 곳으로도 유명합니다. 그의 건축은 자연과 공간에 대한 존중을 바탕으로 하고 있지요. 뮤지엄 산은 그러한 그의 미감이 완벽히 구현된 곳으로 산과 물, 하늘과 공기 속에서 조화롭게 공존하고 있답니다.

뮤지엄 산의 '산SAN'은 단순히 산山을 의미하기도 하지만 Space, Art, Nature의 약자이기도 합니다. 이곳에서 빛의 마술사로 불리는 제임스 터렐의 작품을 마주한다면 현실과 환상의 경계가 흐릿해지는 황홀한 경험을 할 수 있을 거예요.

끝없이 내달리는 산맥의 한가운데 자리 잡은 미술관.
이곳에서라면 당신의 하루도 영화가 됩니다.

서울시립 남서울미술관

○서울 관악구 남부순환로 2076
○**개관시간** 10:00–20:00 (주말 10:00–18:00)
○**휴관일** 월요일

철부지 소녀였을 때, 이브닝드레스를 입고 대저택에서 열리는 파티에 가는 상상을 곧잘 했었지요. 잘 가꾸어진 정원과 상아빛의 대저택, 높은 천장과 금빛 샹들리에. 2층으로 이어지는 나선형의 계단을 여신처럼 걸어 올라가는 순간 상상은 절정에 다다르곤 했습니다.

그러던 어느 날, 네온사인과 온갖 음식점들로 둘러싸인 도심의 한가운데서 상상 속에서나 그리던 대저택을 실제로 봤어요. 외딴 섬처럼 홀로 서 있는 서양식 건축물, 남서울 미술관.

어째서 서울 한복판에 이런 미술관이 생기게 된 걸까요. 남서울 미술관은 원래 벨기에 영사관으로 쓰이던 건물이었습니다. 1905년에 건축되었으니 지어진 지 100년이 훌쩍 넘은 문화유산이네요. 1층 상설 전시관에는 이곳이 어떻게 미술관이 되었는지 보여주는 전시를, 2층 특별 전시관에서는 한국 현대미술 작가들의 작품들을 관람할 수 있답니다.

세월의 무게가 고요히 쌓여 있는 창가를 지나 2층으로 이어진 나무 계단을 오릅니다. 삐걱삐걱, 고요한 미술관 공간에 울려 퍼지는 그 소리가 얼마나 정겹던지.

어느 하루,
누군가의 초대를 받은 것처럼 이 미술관을 찾아가 보세요.
당신의 상상은 곧 현실이 될 것입니다.

대전 이응노 미술관

○대전 서구 둔산대로 157
○**개관시간** 3월~10월 10:00–19:00 | 11월~2월 10:00–18:00 (수요일은 21:00까지)
○**휴관일** 월요일

하고 싶은 일이 있는데도 정작 나이 때문에 망설일 때가 많죠.
제가 화가 고암顧庵 이응노를 좋아하는 이유는 어떤 일을 하기 위한 적당한 때라는 건 없다는 걸 온몸으로 보여준 사람이었기 때문입니다.

동양화의 전통성부터 서양화의 현대성까지 아우른 화가로 한국 미술사에 새로운 지평을 열었다고 평가받는 이응노. 그는 서른이 훌쩍 넘은 나이에 일본 유학을 갔고 쉰다섯에는 다시 공부를 하기 위해 파리로 떠났습니다. 이응노가 자신만의 독창적 세계를 구축할 수 있었던 원동력은 바로 그러한 대담함에 있다고 생각해요.

그의 독특하고 생명력 넘치는 작품을 마음껏 감상할 수 있는 이응노 미술관은 프랑스의 유명 건축가 로랑 보두앵Laurent Beaudouin이 설계했습니다.
모던하면서도 동양적인 미감이 물씬 풍기는 건물에선 이응노 예술세계가 가진 특징이 고스란히 묻어납니다. 이응노의 대표작 「군상」이 전시실 한 면을 모두 차지하고 있는데요, 한지 위에 먹으로 간결하게 표현된 인물들에게서 강렬한 생동감이 느껴집니다.

이응노 미술관은 대전 예술의 전당, 대전 시립미술관, 대전 시립연정국악원과 함께 대전 문화예술단지를 이루고 있어요. 미술관을 나온 후 가벼운 마음으로 이곳저곳 돌아보셔도 좋을 듯해요.
하고 싶은 것을 앞에 두고도 끝없이 뒷걸음질 치고 있다면 이응노의 삶을 통해 새롭게 시작할 용기를 얻어 보시길.

양평 구하우스

○ 경기 양평군 서종면 무내미길 49-12
○ **개관시간** 10:30-17:00 (주말/공휴일 10:30-18:00)
○ **휴관일** 월요일

타인의 평가와 유행에서 초연하기란 말처럼 쉬운 일이 아닙니다.
그래서일까요, 자신의 확고한 의견을 당당히 드러내며 살아가는 이들을 보면 괜히 제 마음이 더 통쾌해집니다.

양평 구하우스의 구정순 대표가 바로 그런 분이에요. 광고 디자인 회사인 '디자인포커스'의 대표를 맡고 있는 그녀는 30여 년간 모아온 작품들로 구하우스를 만들었습니다. 그녀가 작품을 고르는 기준은 작가의 유명세가 아니라 '마음을 움직이는 작품'이라고 합니다.

양수리의 한적한 곳에 자리 잡은 구하우스는 마치 친구 집에 놀러가듯 편하게 갈 수 있는 곳이에요. 거실, 서재, 침실, 복도 등에서 작품을 감상할 수 있도록 꾸며져 있기 때문이죠.

프랑스의 설치미술가 자비에 베이앙Xavier Veihan의 모빌이 장식된 서재는 'Living with Art'라는 구하우스의 컨셉이 가장 잘 나타난 장소예요. 벽면 가득한 책들, 한쪽에 놓인 소파와 벽난로. 이곳에선 결코 예술이 우리를 긴장하게 만들지 않는답니다.

구하우스 관람료에는 카페 이용권도 포함되어 있어요. 갤러리를 나서기 전 따뜻한 커피 한잔의 여유는 덤이랍니다. 북한강과 중미산이 보이는 드라이브 코스 덕분에 집으로 돌아가는 길도 즐거울 거예요.

파주 미메시스 아트 뮤지엄

○경기 파주시 문발로 253
○**개관시간** 10:00–18:00
○**휴관일** 월, 화요일

화려하고 다채로운 건물들로 가득한 도시에서는 무심하고 단조로운 선을 지닌 건축물들이 오히려 눈에 띄기도 합니다. 포르투갈 출신의 건축가 알바루 시자Alvaro Siza가 디자인한 파주의 미메시스 아트 뮤지엄.
이 갤러리는 단순함이 빚어내는 아름다움이 무엇인가를 여실히 느낄 수 있는 곳입니다.

부드럽고 완만한 곡선의 이 백색 건축물이 '빛의 미술관'으로 불리는 이유는 인공적 빛을 최대한 배제하고 자연광을 건물 내부로 한껏 끌어들이도록 설계되어 있기 때문입니다. 덕분에 시간의 흐름에 따라 빛의 농도가 달라지는 전시실 내부는 무척 인상적인 공간으로 탄생했습니다. 또한 이곳에선 작품 사이의 간격이 넓어 작품에 온전히 집중할 수 있어요. 작품을 위해 전시실의 공간을 아낌없이 쓴 흔적이 곳곳에 보입니다.

이 미술관은 출판사 '열린책들'에서 지었어요. 그래서 1층의 카페는 책방을 겸하고 있지요. 관람을 마치고 카페에 앉아 조용히 책을 읽어도 좋을 듯합니다. 미메시스 아트 뮤지엄 근처엔 '평화누리길'이 있는데요, 여유가 없다면 심학산 둘레길만이라도 천천히 걸어보세요. 미술관과 책 그리고 짧은 산책만으로도 지친 일상이 위로받는 느낌일 거예요.

제주도 비오토피아 수풍석 박물관

○제주특별자치도 서귀포시 안덕면 산록남로 762번길 79

○**개관시간** 6월 1일~9월 15일 10:30, 16:00 | 9월 16일~5월 31일 14:00, 15:30

※예약제로만 운영되는 이곳은 비오토피아 커뮤니티센터에서 출발하는 단지 내 운행 버스를 이용하여 하루 2번 관람 가능하며, 개별 관람은 허용하지 않습니다.

우리는 흔히 말합니다. 자연이야말로 가장 위대한 예술이라고. 제주도 비오토피아 수풍석水風石 박물관은 자연의 일부인 물, 바람, 돌을 있는 그대로 느낄 수 있도록 전시해두었습니다.

비오토피아 수풍석 박물관을 설계한 건축가 이타미 준伊丹潤은 '자연을 경험하는 것'이 곧 작품이 되는 공간을 만들고자 했답니다. 제주도의 물, 바람, 돌을 테마로 한 이 박물관은 인간의 손이 닿지 않은 자연이 그 자체로 얼마나

아름다운지 절실히 깨닫게 해 줍니다.
각각의 테마에 맞는 전시관이 넓은 부지에 하나씩 세워져 있습니다. 넓은 수반에 한가득 물이 담겨 있는 물 전시관에선 뚫려있는 천장으로 마음껏 바람이 드나듭니다. 바람결에 일렁이는 물을 가만히 바라보는 것만으로도 마음이 순하게 가라앉습니다. 바람 전시관에선 나무 널빤지 사이로 오가는 바람의 소리에 귀를 기울여보세요. 돌 전시관에 놓인 무심한 돌들과 고요히 마주하는 시간을 갖는 것도 좋을 듯합니다.

물과 바람 그리고 돌. 그들 사이에 잠시 머물렀을 뿐인데 온 존재가 깨끗이 씻긴 기분입니다. 유명한 회화도 조각 작품도 없는 이곳이 그 어떤 박물관보다도 더 오래 머물고 싶은 이유겠지요.

한밤의 미술관

초판 1쇄 발행 2018년 7월 27일

지은이 | 이소라
펴낸이 | 박현아, 정현주
책임편집 | 박현아
펴낸곳 | 혜다

출판등록 | 2017년 7월 4일(제406-2017-000095호)
주　　소 | 경기도 파주시 산남로 195번길 11
대표전화 | 031-901-7810 **팩스** | 031-941-7810
홈페이지 | www.hyedabooks.co.kr
이 메 일 | hyeda@hyedabooks.co.kr
인　　쇄 | (주)중앙문화인쇄

ISBN 979-11-962193-3-8 03810

이 도서의 국립중앙도서관 출판시도서목록(CIP)은 서지정보유통지원시스템 홈페이지(http://seoji.nl.go.kr)와 국가자료공동목록시스템(http://www.nl.go.kr/kolisnet)에서 이용하실 수 있습니다.(CIP제어번호: CIP2018021061)